U0078162

繁花不落

紀念司馬笑

藍明

序

繁花不落，芳菲永存

汪其楣

誰是這位女主角啊？

還沒認識藍明之前，就讀過她演話劇的事，而她那時叫藍星，還未被迫，或說至少不太情願地，改為藍明。

七〇年代中期，我還在美國讀戲劇，到圖書館的東方部翻出一本呂訴上的《臺灣電影戲劇史》，簡直如獲至寶，其實每天要研讀西方古典的劇本，以及搬演歐美近代劇作，幾乎忙得喘不過氣來，這本臺灣戲劇的史料記述，卻不時呼喚我回眸，到家鄉的影劇畫面中取暖，從戲曲看到歌舞團，從日本時代讀到光復，有一天，赫然在林摶秋、宋非我、王育德這些本土前輩的新劇活動之間，看到民國三十五年在中山堂用國語演出話劇《雷雨》。

是一個「青年藝術劇團」為「外勤記者聯誼會」的演出，報導上說，連演三天，盛況空前，評價極高，之後還受邀到臺中去巡迴。我仔細看演職員表，蔡荻、姚冷、艾里、蘇開……好像都是「藝名」嗎？一個也認不出？也看不出誰是出名的影劇從業員，那演女主角繁漪的呢？總該是一位收放自如、伶俐嬌媚的老牌舞臺演員，才演得了這個中國話劇舞臺上的第一名女人繁漪吧。而藍星是……？

這個一晃而過的印象，跳到了十幾年後，為研究楊逵的戲劇創作而細讀焦桐的《臺灣戰後初期的戲劇》一書。光復後第一齣國語話劇、雷雨、藍星……，正式寫進我的臺灣戲劇史資料夾中。這時的我，因已熟悉近代臺灣文史脈絡，對這一個個活動的印象，也如在眼前般清晰，我還常想著，這批用藝名的演職員，不知後來都到哪裡去了？

從藍星到藍明

演劇的藍星當時在臺北成功中學教書，還在不愉快的婚姻中，帶著幾個孩子，兼差、撰稿，力爭上游。再不久之後，有人告訴她不要用紅星、藍星這個「星」，她雖不服，也明哲保身的改了，自知「星」雖然不是「紅」的，也最好不要招惹。之後更以藍明這個名字，寫了很多文章，包括影評，在影藝雜誌刊登的「藍明影話」，包括擔任廣播記者、主持節目，甚至發表小說，就是這本連載於《臺灣日報》的〈我嫁了一個美國丈夫〉。

尋慎芝，找到知交何藝文，就是藍明

我和這位女主角的緣分，又跳了十幾年後……。

二〇〇五到二〇〇七年間，我演完了以舞蹈家前輩蔡瑞月為中心人物的《舞者阿月》，準備著手下一齣戲，想再推出一位臺灣當代女性的故事，為之在舞臺上立傳；出於十多年前的因緣，決定以國語流行歌曲的詞家與推手慎芝做為新劇本的主題人物。在搜集資料和訪談的過程中，除了余天、秦蜜、青山、婉曲、謝雷、冉肖玲這些群星會時代崛起的歌星，我更想和慎芝同輩、同齡的朋友見面，讓我能知悉她工作場域之外的面貌。

在舊剪報本上，發現曾在《傳記文學》發表過〈悼關華石兼懷慎芝〉一文的何藝文女士，不就是我努力搜尋芳蹤的對象。從這篇寫於一九八二年的文章看來，她定是位知交，但移居美國多年，這個人到哪兒去找哪？翻閱厚如小磚的傳記文學總索引，我又找到一篇她紀念魏景蒙先生的文章〈我們怎能忘記你，吉米〉，應該不是位等閒的人物，文中讀到她的婚姻故事，轟動當年臺灣政界新聞界，如今卻打聽不到她的下落。

冥冥之中，也許是慎芝女士有靈，我在慎芝的十來本舊電話本中反覆翻找，突然何藝文三字，跳入眼簾，我再仔細翻查另外幾本，何藝文的英文姓名、她先生的英文全名和地址都有了，我覺得大有希望，興奮不已。寫文章之時的她，六十歲左右，當我找到她的時候，芳齡八十。而且，更奇妙的是，何藝文就是藍明！

跟慎芝一樣，她有自己的專用信箋，直式，雅緻，左側「藝文用箋」四個字，就是魏景蒙先生為她提的。她的字跡秀麗豪邁，文筆生動而充滿熱情。跟她通越洋電話，字正腔圓，爽朗大氣，就是我想像中那個世代勤懇耕耘，有能力獨當一面的傑出女性。她寄給我不少照片、剪報，甚至出借多年來慎芝寫給她的信。

太感謝這些閨中密友娓娓談心的長信，的確有助於編劇中的我抓住慎芝的思緒和語氣，尤其是腳色的獨白。而這些珍貴的書信，也放在臺大圖書館特藏室所舉辦的「慎芝、關華石手稿展」的玻璃櫃子裡，就在二〇〇七年五月，我演出千首詞人慎芝故事

《歌未央》一劇之前，藝文姊特地回臺灣來看慎芝姊的展覽了，當然也到臺北社教館的城市舞臺，看了我在臺上演出她的好友，和那個淡雅樸素，卻追求精緻的美好年代。

訪藍明，在「司馬宅」憶往

同年十月，我有事去美國，也特地安排行程前往她內華達州的住家拜訪她，和她鼎鼎大名的夫婿司馬笑。我在門上掛著「司馬宅」銅製門牌的寓所裡，住了好幾天。白天居家過日子、煮飯、作點心，到附近散步玩耍，晚上就窩在她身邊，就像她的手帕交，（以為自己化身為慎芝嗎？）聽她追憶廣播時代的老朋友，聽她細數臺灣生活的點滴往事。

我拿出《雷雨》一劇列表上的人名請教她：那位導演蔡荻來自新生報，現住加州。陳辛在二女中教書，就是巴命，後來到香港當電影導演。蘇原、黃平、蘇開都是黃榮燦，啊，這位住在阿月家的好友，發表那幀二二八木刻版畫、死於馬場町的雕刻家！

而為這個演出大寫劇評的白克，時任長官公署電影攝製廠廠長，他後來成為臺語片的名導，六〇年代卻死於白色恐怖。

《雷雨》之後，藍星還參加了其他「文青式」的活動，一九四七年，她和蔡瑞月的先生雷石榆，還有黃榮燦等人，組了一個「藝術沙龍」。陳大禹的「實驗小劇團」和「青藝」合作演出《可憐的斐迦》，藍星又是女主角。

可惜，我拿著書上影印下來的資料要她「口述歷史」時，她竟然說不了多少細節，但想起了才華四放的雷石榆。（好可惜，怎麼我在寫蔡瑞月的時候，不認識藍明哪！）

而黃榮燦的被捕，她印象深刻，並甚為哀痛。談到這些知交故舊的冤獄，時代槍刀諜影下的怨魂，我翻閱她剪報中哀悼江南之死的詩與文，同時感到時空和命運竟如此錯綜複雜，真令人哀憐恐懼，我衝口跟她說：「還好妳嫁給John了。」藍明露出天真的表情，「往事哪能細數，如鏡花水月。」她懷抱著一疊疊舊時情書，嘆了口氣說：「真的，還好嫁給John了。」

認識藍明的司馬笑

這位John Bottorff，真可愛，司馬笑是他自取的中文名字，他說他是司馬光的十六世孫，字樂天。一口京片子，談吐文雅，要不是金髮碧眼，可真像北平的書香人家的長者。藍明翻給我看他來臺灣前後的很多相片，那瀟灑英俊的風姿，已被目前醇然溫煦的風度和善解人意的笑容所取代。

尤其他在泰國的美國新聞處任職時，一場盛大的專題演講所拍的那張相片，而他主講的題目好吸引人：「美國人為什麼讀中國書？」這一個他從年少立志學中文，到二戰的軍職，到燕京大學念書，到參與美國之音的工作，再任職海外，歷經泰國、香港、臺北、臺南，到回美從商，進入退休生涯，是他這一生充滿信念和答案的題目，也是充滿樂趣和能量的人生。

司馬笑任職美新處時，結交臺北政界及文化界名人無數。出於業務所需，更出於個人對文化、藝術，及獨特人格的激賞。我問起他這些詩人和畫家，他眼中閃過充滿溫暖和友情的神采。

年過八十的司馬笑先生那時已患有帕金森症，行動雖不便，精神卻很好，需要多加休息調養。藍明爽朗、熱情如太陽，心中對John健康擔慮，卻從不多說什麼，兩人親愛如常。司馬笑回房就寢之前，對藍明說些「妳是我的至愛」、「我全心愛著妳」等語，每晚如一，數十年如一。

他的健康在我回臺灣後，漸不如前，我接到藍明的信，如同見到她孤軍奮鬥般與病勢漸沉的John住在那悄靜的房子裡，就想寄些居家照護的資訊和她感興趣的書籍，希望有所寬慰。

但再過一年，司馬笑辭世。藍明在傷慟和思念中守著他們的舊家，幾乎難以自拔。兒子、女兒、妹妹弟弟們來探望她，決定幫她搬家，住到洛杉磯一帶，與所有親人都靠近些。

二〇一二年，我終於又有美國之行，到東岸、中西部處理完事情之後，特地飛加州，再訪藍明。

整理文稿　復刻於心

門牌依舊的「司馬宅」，藍明的這個居處溫馨小巧。她仍開著John送給她的黃色金龜車，偶爾外出在附近打理生活。她穿著色澤深重的舊衣，她說自己對什麼都沒興趣。

的確，看來她經日恍惚失魂，最常做的事是翻看往日書信、剪報和相片，從大抽屜、大紙袋中拿出來，擺在梳妝臺上看，攤放在床上看，然後就一面流淚。到了晚上，再收回紙袋中昏沉入夢。她細數司馬笑的好，想他，惋嘆他走得太快，她難以安放身心。她想為丈夫做點什麼，她又什麼也打不起精神來做。

比起慎芝姊所留下二十幾箱文圖資料，藝文姊這裡的一個個大紙袋在我眼中反而成了小case，我拿了文具夾，坐在她身邊，幫她略為分類，也一面讀起她的一篇篇舊稿，讚嘆之餘，還發現不少篇寫了一半，或沒有收尾的好文章。

唉，我忍不住讚嘆：「妳這個藍明沒當作家，真可惜。」她承認自己有時也這樣想。她喜歡文學，讀到好書就文興大發，她也沒真正把成為作家放在心上，她之所以熱愛寫作，是為了表達她對朋友、對親人、對人間事物的感情，我想這才是她衷心的追求和擁有。

她隨時思緒洶湧，那雙仍然黑亮的大眼睛像發電般閃動，過一會兒又淚眼滂沱。

「想不想把這些文稿整理出版，紀念John哪？」她立刻精神大振，眼淚一抹，戴起眼鏡，認定了這可是生活中唯一最重要的事。

「John為了我，放棄了事業，真可惜」這句話她倒常說。

想想也是，這個溫文儒雅的資深「中國通」在日後的政經局勢中前途應似錦；我反而覺得，司馬笑遠離官場三、四十年，已全無美國外交官或國安路線的職業氣味。但在他眼中，藍明是不可取代的，他認為選擇了和心愛的人共度一生，才是自己最了不起的決定。外人看見的是放棄仕途官位，對他卻是符合了自己的初衷，和藍明一起，更可以生活在愛慕且親近熟悉的中國文化之中。

藍明越啼哭，我越看見她這幾十年來與John相依為命的親愛。藍明越失魂，我越了解他倆心靈氣質和文化精神相通的生活情趣。她的故事感動了我，也感動了很多人，終於在各方好友協助下，她出版了這一本多年前就該問世的文集。

上半部將她連載於報刊的紀實小說〈我嫁了一個美國丈夫〉全文刊出，與讀者重溫藍明與司馬笑不愛江山愛美人的情史。下半部收集她紀念親長和知交的文章，如她的外公陳寶琛、正聲創辦人夏曉華，以及人們較為熟知的政界名士才子魏景蒙、流行音樂家慎芝、曾來臺公演的大陸舞臺導演耿震，和撼動臺灣政壇的江南等等，這些她以生命結交或過從甚密的朋友，面貌聲息又重新在紙頁中浮現。

藍明行雲流水的文筆，轉換於記述與抒情之間，游刃有餘，文采動人。

她真該提筆再寫，把時代往昔的豐緻，和迷離的人間情事，與今日的讀者分享，那一切在愛與文學之中的繁花不落，生命的芳菲永存。

目次

輯三　藝文懷思

輯一●照片剪影

藍明的外祖父，帝師陳寶琛（中）與兒子懋復、懋侗、懋艮、懋需、懋隨，以及孫子陳繁合影。這張照片攝於1929年，溥儀尚未出關成立滿洲國前，帝師忠言力阻而未果。

陳寶琛與四位女兒京貞、南貞（藍明的母親）、勤貞、容貞攝於上海。

父親何希韶（右一）懷中抱著藍明，與母親陳南貞（立者左三）以及親友合影。

藍明（左一）與父親何希韶、母親陳南貞及大弟何崇一合影。

何家全家福，拍攝於何希韶來臺後服務的嘉義大林糖廠，坐者右四為藍明，與弟弟崇一、崇基、崇正，妹妹何璟、何琦、何琳，堂弟崇伍、崇岳、崇仁及親友合影，1953年。

1946年，「青藝劇社」在臺北中山堂演出曹禺名劇《雷雨》，藍明（二排左三）飾演形象鮮明的繁漪，與白克、蔡荻、朱永丹、黃懋和等演職員及外勤記者聯誼會成員合影留念。

1950年代，藍明（後排右一）與正聲廣播電台同事錄製廣播劇的情景，左起有王彤、王芳芝、李寶淦、王倩伊等位。

1950年代，藍明（左二）隨勞軍團至金門採訪，於機場合影留念。

藍明於金門採訪時，在「勿忘在莒」石刻前留影。

1960年代初期，與正聲電台的好友合影，左起藍明、慎芝、伊夢蘭、劉曉玫。

藍明主持「夜深沉」節目，攝於正聲廣播電台。

1960年，正聲廣播電台十週年台慶時，藍明與夏曉華、易國瑞將軍合影。

1960年10月24日，聯合國日，藍明以正聲廣播電台記者身分採訪何應欽將軍，因而與司馬笑相遇。

藍明（右）與影星葛蘭。

藍明（左）與影星杜鵑。

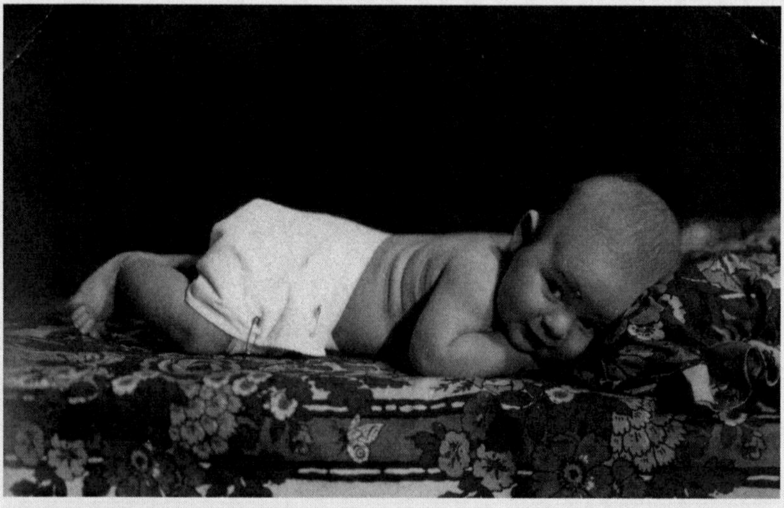

1922年，三個月大的司馬笑（John Bottorff）。

開始學中文的司馬笑。

1950年代前期，派駐於泰國的司馬笑，攝於辦公室。

1956年6月，司馬笑受客屬總會邀請，於泰國演講「美國人為什麼讀中國書」。

約1960年，司馬笑來臺任美新處副處長時，與影星王引在酒會晤談留影。

1964年1月5日，藍明與司馬笑於臺北中國飯店舉行婚禮。

結婚禮堂佈置紅燭高燒的香案，洋溢中國式婚禮的喜氣。

何應欽將軍（左）擔任藍明的主婚人。

藍明與司馬笑蜜月第一天，於香港希爾頓飯店合影。

司馬笑任職臺南亞洲航空公司時期，藍明擔任摸彩嘉賓，司馬笑站在門
帘旁。

藍明與司馬笑攝於日月潭。

婚後不久，藍明攝於台南白屋。司馬笑一直將這張照片放在皮夾裡，隨身攜帶了數十年。

司馬笑與藍明攝於台南白屋前，當時的地址是「臺南市榮譽街84巷91號」。

1970年代，兩人赴歐旅行，藍明攝於巴黎羅浮宮前，司馬笑攝於羅馬。

1970年代，兩人赴歐旅行，藍明攝於巴黎羅浮宮前，司馬笑攝於羅馬。

1980年代初期，慎芝（右）赴美訪藍明。

藍明與司馬笑在加州Rancho Palos Verdes經營的餐廳「金荷園」

藍明與司馬笑於「金荷園」留影。

司馬笑、藍明與夏曉華、左柏華夫婦攝於美國寓所。

藍明、魏景蒙、司馬笑歡聚於美合影。

1992年，攝於司馬笑七十壽誕。

1990年代，藍明與司馬笑在家中廚房。

2002年，司馬笑八十大壽時。

2012年底，86歲的藍明回台整理文稿，親友為她慶祝生日。

藍明榮獲「正聲五十一年度——最受聽眾歡迎之節目主持人」，獲頒金質獎牌一面。

1962年，藍明親手繪製司馬笑的油畫肖像。

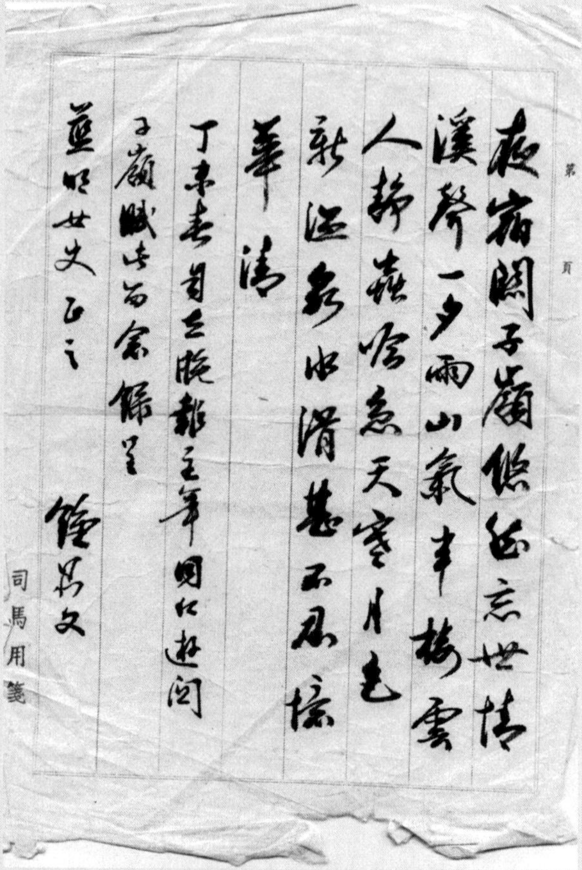
第　頁

夜宿關子嶺悠然忘世情
溪聲一夕雨山氣半樓雲
人靜蟲吟急天寒月色
新溫泉水滑甚不及[illegible]
華清

丁未春月廿晚與笑年同仁遊關
子嶺賦此留念錄呈
藍明女史正之
鍾鼎文

司馬用箋

詩人鍾鼎文先生專程南下拜訪司馬笑夫婦，同遊臺南關子嶺後，題詩在司馬笑的用箋上，贈予藍明。

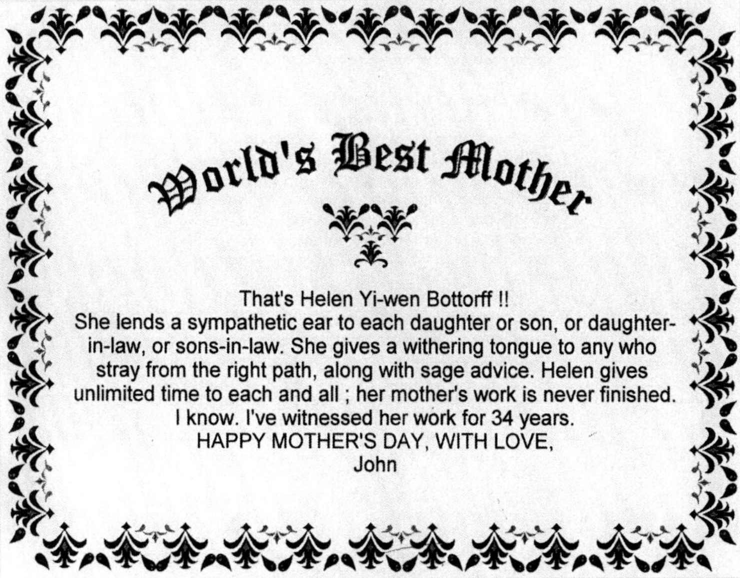

World's Best Mother

That's Helen Yi-wen Bottorff !!
She lends a sympathetic ear to each daughter or son, or daughter-in-law, or sons-in-law. She gives a withering tongue to any who stray from the right path, along with sage advice. Helen gives unlimited time to each and all ; her mother's work is never finished. I know. I've witnessed her work for 34 years.
HAPPY MOTHER'S DAY, WITH LOVE,
John

司馬笑親手製作的母親節獎狀，頒發給藍明。

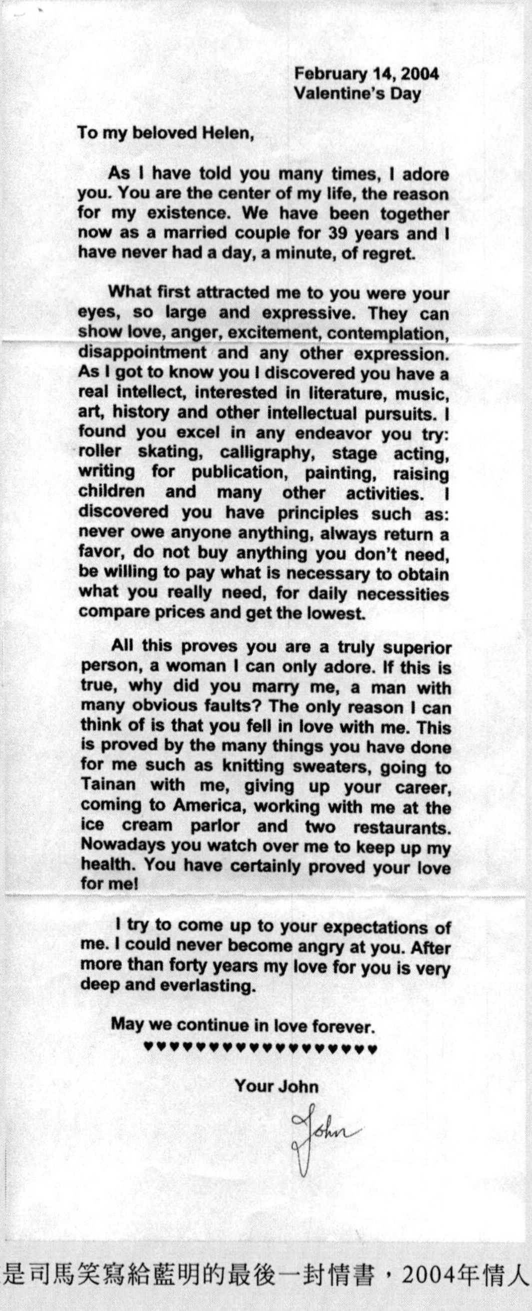
February 14, 2004
Valentine's Day

To my beloved Helen,

As I have told you many times, I adore you. You are the center of my life, the reason for my existence. We have been together now as a married couple for 39 years and I have never had a day, a minute, of regret.

What first attracted me to you were your eyes, so large and expressive. They can show love, anger, excitement, contemplation, disappointment and any other expression. As I got to know you I discovered you have a real intellect, interested in literature, music, art, history and other intellectual pursuits. I found you excel in any endeavor you try: roller skating, calligraphy, stage acting, writing for publication, painting, raising children and many other activities. I discovered you have principles such as: never owe anyone anything, always return a favor, do not buy anything you don't need, be willing to pay what is necessary to obtain what you really need, for daily necessities compare prices and get the lowest.

All this proves you are a truly superior person, a woman I can only adore. If this is true, why did you marry me, a man with many obvious faults? The only reason I can think of is that you fell in love with me. This is proved by the many things you have done for me such as knitting sweaters, going to Tainan with me, giving up your career, coming to America, working with me at the ice cream parlor and two restaurants. Nowadays you watch over me to keep up my health. You have certainly proved your love for me!

I try to come up to your expectations of me. I could never become angry at you. After more than forty years my love for you is very deep and everlasting.

May we continue in love forever.

♥♥♥♥♥♥♥♥♥♥♥♥♥♥♥♥♥♥♥

Your John

John

這是司馬笑寫給藍明的最後一封情書，2004年情人節。

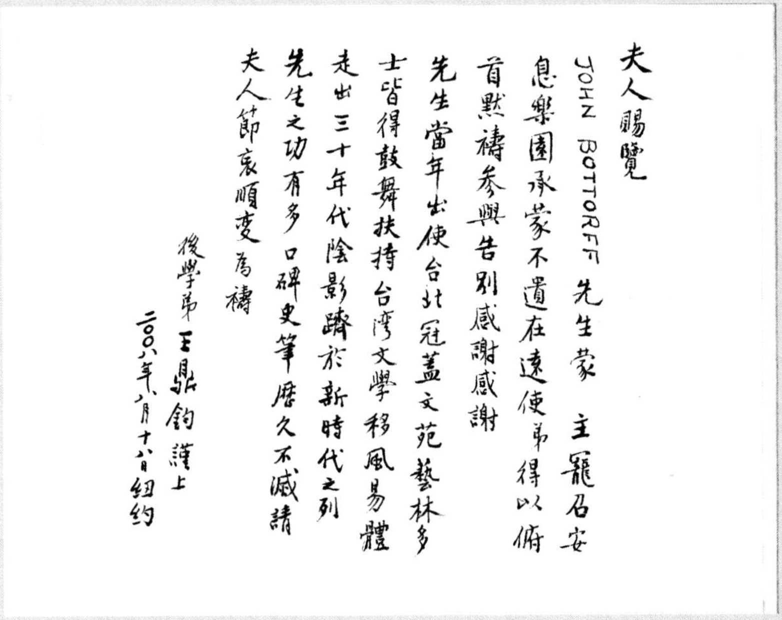

夫人賜覽

JOHN BOTTORFF 先生蒙 主寵召安

息樂園承蒙不遺在遠使弟得以俯

首默禱參與告別感謝感謝

先生當年出使台北冠蓋文苑藝林多

士皆得鼓舞扶持台灣文學移風易體

走出三十年代陰影躋於新時代之列

先生之功有多口碑史筆歷久不滅請

夫人節哀順變為禱

後學弟 王鼎鈞 謹上

二〇〇八年八月十八日 紐約

王鼎鈞先生悼念司馬笑的珍貴手書。

「司馬宅」門牌。自司馬笑在北平燕京大學留學時就已使用，幾經流轉，現仍安放在藍明美國加州的住家門上。

輯二● 中篇自傳小說

藍明與這本小冊子

夏曉華

藍明在廣播節目中擁有大量的聽眾，而她的聽眾中又有很多的「藍迷」。很多人知道藍明是臺灣出色而特殊的廣播明星，但即使是，卻很少人知道她還能寫。

有幸運而與藍明談過天的人一定會承認：藍明是一個成熟而有「韻味」的女人，她節目的聽眾，當然更有他們相同或不盡同的「遐想」了。一個善於談天的人，是女人，而又能把她想說的話寫出來，其給人的印象就更不同了。

我曾為藍明設計過廣播節目，寫過節目提示要領，但我僅為她寫過三、四次廣播，因為為她寫過三、四次稿子之後，我覺得她很能寫，而且她自寫自播的效果比我替她寫的好得多。我不是女人，更非藍明，我當然不適宜表達她的思想與感情。她所主持多年的「夜深沉」廣播節目之所以有出色的成功，我相信：由她自寫自播，能寫出並說出屬於她自己的思想與感情是最大的原因。這樣的一個人，我是至誠地希望她成為一個作家的。

一直到今天，我還對藍明在播音室播出「夜深沉」的景象留有深刻印象：她把室內燈光減少到僅能看到案頭稿紙的幽黯程度，她一邊看稿，時而仰起頭來，睜大著眼睛凝視窗外；窗外似有人若無人，然後低頭細語。我曾很傻氣的問她：「為什麼要如此？」她說：「這是氣氛。如此，我才能訴說出我心底的感情，我才能真。」藍明的廣播節目是如此成功的。

我所知道有關藍明的故事很多，但我能告訴讀者的是：她有過綺麗的感情生活，但可惜太短暫了。當她決定與前美國新聞處副處長司馬笑先生結婚時，朋友們對她今後的感情生活是否幸福，還抱著「存疑」態度。婚後，她寫信給我說：在風不靜、浪不平的人生旅途中，找到了「避風港」了。我祝福她，但嫁給美國人，一定是一段不平凡的旅程。

去年十月中旬，藍明偕司馬笑先生婚後自美回臺南不久，而我正忙於籌辦《臺灣日報》，我要她為報紙寫一篇自述的文章。當我在電話中出給她「我嫁了美國丈夫」這個題目之後，她非常為難，但終於接受了，司馬笑先生後來的反對，也為我說服了。因為，像藍明這樣一個人，寫她自己的故事，必然是真實而動人的。

藍明這篇文章開始在《臺灣日報》連載以後，沒有使讀者失望，但卻寫得太真了。有的朋友怕藍明提到他而擔心，有的朋友的太太向先生「抗議」，也有美國朋友希望我能轉告藍明如何如何，而我祇是以一個讀者的心情，天天讀藍明的文章，從來不曾要求她寫什麼，或不寫什麼。因為藍明已經結婚了，她今天是司馬夫人，而不僅是廣播明星。在這一點上，我的朋友中的「藍迷」不但都有「運動家」的精神與風度，而且因藍明的文章而增添了不少的樂趣。

藍明是把這篇文章作為《臺灣日報》創刊的祝賀禮物，讀者與我都非常感激。刊印這本冊子，是藍明應讀者的要求而商請報社決定的。

民國五十四年三月

編案：此篇〈代序〉發表於《臺灣日報》，邊欄曾提及本書約十萬字，將由高山嵐先生設計彩色封面，預定民國五十四年四月十五日出版，每冊定價四元，後因故並未付梓。本書根據近五十年前的樣書編輯而成，內有幾頁文字脫漏數行，皆由藍明親筆撰補。

我嫁了一個美國丈夫

（一）

從美國歸來，行裝甫卸，便聽到《臺灣日報》創辦的消息，正在欣慰臺灣從此又多了一份精神糧食時，曉華先生卻一紙命令，出了這樣一個「難題」給我。

儘管我這一輩子偏愛文墨，也時常胡亂塗鴉，這次卻一再的望「題」興歎，真是搜索枯腸寫不下，多少回提起筆來，竟不知打從何處落下它！何況，我又不是個名符其實的「作家」，要在字裡行間寫自己的丈夫，對我說來，這比考我的數學公式還要令我抓瞎，因為這個主人翁太「真實」了，「真實」得教我無從以「想像」的文字去描述他！

照理說男婚女嫁，人倫之常，寫下事實也便順理成章，就讓我以「真實」的內容，來彌補「笨拙」的文筆吧！關心我的朋友們，請在這兒更進一步的認識我的「他」！

若不是這個「難題」提醒我，我竟然忘記了我的丈夫不是中國人，許是朝朝暮暮，日夕相處，加上他流暢的京片子，全般中國式的飲食起居，我不覺得他和我們有什麼兩樣。

然而，他是美國人。

我的丈夫，出生在美國俄亥俄州，特里多市，他的全名是約翰・愛爾文・巴托夫（John Alvin Bottorff）可是，所有的中國朋友，記得且熟稔他另外一個名字：司馬笑！

許多人，包括我在內，總不免奇怪他的兩個絕然無關的名字，竟會集在一身，這便是他最喜歡用他沉著平穩的聲音，不厭其詳的娓娓道來，而他的故事曾迷惑了我：

「──妳也懷疑嗎？司馬這個姓，跟 Bottorff 好像沒什麼關係，其實，密切得很！」

「聽說你是司馬溫公的後代？」

「是的，我的祖先是司馬光，他有個孫子名叫司馬爐，爐灶的爐──很怪不是？妳別笑，聽我說，那時候正是南宋快要滅亡，蒙古人已經占據了中國北部，各地都有戰禍，天下大亂，司馬爐到了蒙古人的首都罕巴力克 Khan-balik ，以他的文學才能，進入朝廷做了官，朝廷很重視他，把他派到歐洲做巡察使，於是他經過了西伯利亞、俄羅斯、波蘭等地到了德國南部──當然這些地名是現在的，當時那些地區還仍是野蠻地帶，那時蒙古人統治的範圍，尚不及達到德國，所以司馬爐一到了德國，他就擺脫了元朝的官制，在德國居留下來，不久，他便遇見了一個金黃頭髮的，很漂亮的德國少女，他們相愛結合，一共生育了六個兒子，多年以後，他們更多的子子孫孫，世代不絕，於是人數一年年增加，就在那一個地方形成了小小的村莊。」

「啊！統統是司馬一家嗎？」

「是的，以現在中國方言來說『司馬』兩個字，廣東音是西麻，潮州音是斯北，上海話叫司母，司馬爐本來是生長在臨海，也就是現在的杭州，那兒的『司馬』發音是司波，那是七百多年以前的事了。」

「你真有語言的天才！後來呢？」

「司馬爐自從離開臨安，直到居留德國，還會說他的家鄉話，可是德國人卻不容易說出『司』這個音，祇肯說『波』，就把「司」字省略了，管司馬叫作 Herr Bo（赫兒波），這個 Herr 字就是先生的意思。」

「真有趣！」

「德文『村莊』就是Dorf（竇兒夫），所以當地司馬族形成的司馬村，也就被大家稱作：Bodorf；又過了五百年左右，在一七一〇到一七二〇年之間，歐洲正是天主教與基督教發生衝突，引起戰爭的時候，在司馬村 Bodorf 裡面，有少數的基督徒，而大部分德國南部的人們都是信仰天主教的，所以那些基督徒沒有辦法住下去，祇好逃難遷移到了美國的賓州 Pennsylvania ，同時也還有很多其他的德國人，荷蘭的，以及法國的基督徒也搬到了那個地方，他們就是所謂 Pennsylvania Dutch 。」

「真不簡單！」

「司馬村裡去到那兒的人，不久便開始用英文來寫他們的姓，有 Bodorf，也有 Botorf，有Bortdorf，還有就是 Bottorff，這許多種不同的英文拼法，我的祖先選用了 Bottorff（巴托夫）這個字，一直到我這一代。」

「那些人還住在那兒嗎？」

「不，那許多司馬爐的子孫，經過了很多次美國國內的革命戰爭，時間久了，漸漸四處分散，到現在可以說美國各地都有姓司馬的，我這個司馬 Bottorff，卻是繞了一個大圈子，又回到中國來了，所以，我是司馬光第十九代的孫子，也是第十七代的華僑！」

這真是「信不信由你」的故事，而當我第一次聽他敘述的時候，我是被他低沉的聲音，無邪的表情吸引著，我曾祈望那是真的：他也是一個中國人！

在今後的歲月中，有兩個值得紀念的日子，是我們永難相忘的，那就是每年四月一日正聲公司臺慶，和十月廿四日聯合國日。

早春時無意間播一粒種子，想不到在秋後突然萌芽滋長……

回憶常是令人神往的，我清楚的記得——

四十九年的春季，四月一日正聲公司慶祝創辦十週年紀念，舉行一個心戰成果展覽會，我和幾位女同事守候在簽名桌旁，招呼來賓把芳名寫上。

賀客川流來往，我也正眼花撩亂，祇見一個美國人過來，熟練的拿起毛筆，寫下他的名字，司馬——笑！

我竟忍不住笑了，側身俯耳向同事說：

「——妳瞧，多怪的名字！」

「可不是，外國人會寫毛筆字？」她小聲的回答。

「哈，他的弟弟可能叫司馬哭！」我笑著說。

想不到，他回過頭來，望著我，我立刻感覺到他的目光向我凝視，他眼睛裡的神情很奇特，那表示著他聽見我的話了，他也了解話中的揶揄，然而，他依然投給我一臉善意的笑容，跟著接待人員陪他走上樓去。

總經理向其他的同仁說：「那位就是美國新聞處副處長司馬笑，他是中國通！」

我說不出有多麼窘迫，不料他是個懂得中國話的美國人！多麼尷尬的一剎那！此刻想來，我又怎能料到這個被我無心中取笑的人，竟會做了我的丈夫！

偶爾，我們談及這初次相見可笑的片刻，問他當時生氣不？他說：

「妳笑我，表示妳在注意我，這有什麼可氣的？」

「你真樂觀！」

「所以我名叫司馬笑，號樂天！」

是的，他深沉，他靜默，可是他快樂而自信！我明朗，我健談，卻總是憂傷而徬徨！

同年七月間，我到泰國去訪問。

他驚鴻一瞥的印象早已淡去——也許它沉落在心靈更深的地方……

當曼谷新聞界許多朋友向我提及他，那特異的名字又掠過我的記憶，我更羨慕他和中國友人間所建立的深厚的情誼，他得到太多的關切和讚揚。

然而，我不曾再見他，直到十月廿四日。

那中間的幾個月，我迷失了，迷失在畸戀的深淵，幾乎難以自拔；我困頓、消瘦、極度的失常。

第一次失敗婚姻的餘痛，加上又一度感情的創傷，使我如驚弓之鳥，恨不能把自己鎖在無人企及的高枝上；我否定世人的戀情，否定真愛，否定一切山盟海誓，祇當它是過眼煙雲，盡是美麗的謊言。

在我內心卻是枯寂虛空的，為抵抗低落的情緒，我終日以繁重的工作使自己疲於奔命，每天倦乏的回到孤獨的居處，倒頭便睡；日子在這樣忙碌而痛苦的情況之下飛逝，我發奮的工作卻得到了收獲，那就是結識了更廣大的社會人群，使我的記者生涯漸入坦途，另外我得以宣洩愁苦的抒情節目「夜深沉」，也因而得到更多寂寞朋友的共鳴！

於是，我得到很豐盛的友誼，但不是愛情！

十月廿四日，仁慈的何應欽將軍剛從日本回來不久，接受了我的錄音訪問，他的興致頗好，談鋒很健，我自信那次做的節目相當不錯，工作完畢時，天色近黃昏，何將軍要去臺北賓館參加聯合國同志會慶祝酒會，許是他見我這股子對工作的熱勁兒，遂說：

「妳也想去那邊訪問嗎？我可以帶妳去！」

「——唔——方便嗎？」我遲疑著。

「當然，請上車吧！」他站在自己敞開的車門前等我；

說實在的，我忙了一整天，十分困倦，肚子也餓了，想謝謝他的好意，回公司去趕一頓晚飯，可是話到唇邊，竟又縮了回去，我自小養成對長者恭敬的習慣，萬不得已絕不願拂人好意，於是我背起錄音機，稱謝上車。

豈知這無意的一趟便車，竟關係著我的終身大事，何將軍做夢也想不到他有朝一日，會站在我的主婚人席上。

約翰常常提及「聯合國日」的「奇遇」，他說：

「……我向朱家驊祝賀，剛舉杯就看見一個特別的女人，淺黑皮膚，大眼睛，穿著一件太寬大的花襯衫……很像個菲律賓小姐，也可能是泰國女郎，她的笑臉那麼熟悉，好像在哪兒見過……」

「當時你可喜歡她？」

「是的，她的吸引力那麼強，我沒法不用眼睛緊看著她，我的腳，很自然的走到她身旁……」

他走近了我，以他緩緩的步子，默默的情意竟如此不可防守的，他要侵占我整個的心靈！

我們的友情進展得很慢，起初，我們彼此探索、壓抑，故意疏遠；我自己嘗夠了婚姻的挫折，不忍見別人再蹈覆轍，並且我自覺創痕猶在，對感情事件，已有成見在胸，耿耿於懷，何況我們由結識到交往，早已被這狹小的社會圈子、親朋好友之間竊竊誹議著呢！

不久，我被聘為華語中心的教師，教美新處副處長學習中文及滬語，我們每星期有五次見面機會，雖然每次僅有短短的一小時。

幾乎沒有人相信他是個認真的學生，而他一句不苟，全神貫注的學習著，他固執認真，絕不荒廢上課時間的每一分鐘，在他面前，我得提起精神來做個好老師，我們所用的課本，是曹雪芹的《紅樓夢》，這本書，非有相當的文學根底，再加上靈慧的悟性，實在不能解說其中奧妙，要把《紅樓夢》講明白，讓一個外國人了解，豈不是難為了我這個「老師」麼？

還記得書上有太多令人無從解釋的虛字隱句，我很想含糊其詞的過去，偏偏他屬於「打破砂鍋問到底」的性子，常常害得我瞠目結舌，無詞以對。書中第五回，寶玉神遊太虛幻境，碰見了警幻仙姑，除了警幻出示寶玉的金陵十二釵畫冊所題的詩句十分難解之外，那《紅樓夢》仙曲十幾支更是難以言傳，就拿第一首紅樓夢引子來說吧——

「開闢鴻濛，誰為情種？都祇為風月情濃，奈何天，傷懷日，寂寥時，試遣愚衷，因此上，演出這悲金悼玉的紅樓夢。」

我反覆的解說，還是不能使他全懂，急得我把可憐的英文都搬出來形容了，他依然不滿意，氣得我闔起了書本，大喝一聲：

「你的中文程度根本不能讀《紅樓夢》！」

我想他的涵養真不錯，祇是沉默的望著我，我問他：「你為什麼發楞不說話？」

他凝神的微笑說：

「我正在想——」

「想什麼？」

「我想妳生氣的時候，還是很美麗！」

可是，第二天，我們停止了課程。

他得到來自莊萊德大使的警告，有人已經將我們相戀的消息誇張地傳說開來，當然，以美國駐華大使的立場，他要每個外交人員有圓滿的信譽，約翰是有妻子的人，大使有足夠的權力，隨時調他回美國，如果他仍然和我來往的話。

那天傍晚，他先以電話約好了我，請我推辭其他的約會一定在家等他，我照他的意思做了，卻不知有什麼事即將發生；當他把真相告訴我時，我感到被羞辱了似的憤慨，沮喪的叫著：

「醜惡的思想，他們把我當作什麼人？」

他蒼白著臉，雙手插在褲袋裡，沉重的腳步，來回在我客廳裡走過來，又走過去，臉上嚴肅的表情把我驚呆了，我不能做什麼，我的眼光跟著他來回晃著——

我心裡想，他此刻多像困在籠子裡的、憤怒的獅子！立刻，那隻困獅旋風似的撲向我，我被驚得幾乎失聲呼叫，而他把雙手扶著我的肩膀，眼睛對著我的眼睛，望著他含淚、充血的眼睛，我的心刺痛著，他慢慢的，一字一字的向我說：

「你願意——嫁給我嗎？」

「你怎麼娶我？你有太太！」我聽見自己乏力的喘息。

「我——離婚！」

我怕極了，他竟說出來，這個人是我一生之中所見到的最特殊的——信守諾言的人，他不但謹守上下班的時間，不誤朋友的約訂，而且言出必行，從未差失，有時，他的一切便因此變得死板固執，食古不化，聽他這樣堅定的聲音，我的心亂了！

認識約翰以來，祇看見他穩健沉著，默默含蓄的神情，從不見他如此激動失態，他壓抑得太久了，在他傲岸冷靜的外貌後面，竟包含著何等狂熱的情感！

嫁給他？我能嫁給一個美國人嗎？

在我面前這張輪廓分明的臉，深棕色的頭髮，深棕色的眼睛，不高的身材，穩重的舉止，斯文的談吐，還有那一口準確的北平話……他真不像美國人！

可是，他是美國人！他是個外交官，他受美國政府的管轄，他得服從長官的調度，否則，他會失去他的職業！

莊萊德大使真的會調他回去嗎？不論是調回去抑或他辭職，他們都將失去一個最好的外交人員！

他把半輩子消磨在東方，這是他從小就喜愛的地方！他曾走遍多少中國土地，比我這真正的中國人更熟悉東方的風俗習慣，在故都北平，他是燕京大學的研究生，專攻中國歷史，這方面的學識，使人難以置信的博而廣，並且熟知中國的禮儀，習慣中國的飲食起居，他懂得欣賞中國字畫，國粹古玩，他愛聽幽怨的南胡和月琴，愛吃中國菜，甚至廚房裡還供著消災免疫的灶神菩薩。

他了解中國，他愛中國！

在我所結識的許多美國官員裡，唯有他不像是個來做官的「友邦」人士，他生根在中國，是個具有中國靈魂的美國人！

我的心亂著，因為我知道將來發生的事實，對他的影響有多麼大！

何況，我自己——失敗了一次，不能再失敗第二次！

我覺得自己的眼睛潤濕了，為什麼他的言行舉止不似一篇愛情故事中的、遊戲人間的男主角？他的態度嚴謹得使我無法承擔，我竟像個急於逃脫的罪犯，不敢直視他那雙期待的眼睛，我說：

「……太嚴重了，應該考慮不是嗎？」

「是的，妳有權利考慮，妳會有足夠的時間考慮，但是，你能不能先答應我的一個請求？」

我疑慮的望著他，他的聲音柔和下來：

「答應我，在我離婚以前……等我！」

「……嗯，我等！」他以不可抗拒的「誠摯」，令我許下了「諾言」，於是，我們有了一段憂愁的離別。

在離別的日子裡，我奔忙於自己的工作，而工作帶給我廣大的社會面，我的朋友也更多了，友情卻不曾消去我心中的塊磊，我常為自己的諾言不安，未來的一切如此難以揣測……。

有一天，美國大使館的女秘書蒂恩琶絲小姐請我吃飯，她是莊萊德大使的秘書，是個纖秀和藹的女人，尚未結婚，我是在她男友美國空軍中校家中的宴會裡認識她的，她獨自住著一所優雅的洋房，有很美的庭院，藝術的裝飾布置，那晚客人不多，除了她自己，就是一位剛從美國來臺北不久的記者亞當先生，他能說簡單的中國話；另外一對夫婦坐在壁爐畔，談笑風生，當為我們介紹的時候，大出我意外的，竟是莊萊德大使，和他那愛收集「鼓」的夫人！

我的英文程度不夠好，僅習慣於一般社交寒暄，若是深談各種問題，難免不捉襟見肘，但是莊萊德大使以他鄉音很重的中國話彌補了我的窘迫，他那麼愉快的和我談著、笑著，我絲毫不覺得他是個身負重任的美國官員，我也幾乎忘記許多人曾談論過他一向是嚴峻的，不苟言笑的僻性。

蒂恩琶絲小姐很懂得情調，晚宴一直在燭光搖曳中進行，朦朧的燭光，可能使我的瘦臉年輕些，我聽見莊萊德側面用英文向蒂恩琶絲小姐說：

「妳從何處結識這可愛的女孩？」

這時，大使夫人凝目笑視我，她也耳語著說：

「她是可愛的！」

天知道，我是中年人了，他倆竟給我這樣的評語，怎不使我忐忑不安呵！我似乎聽見自己激動的心在呼喊。

「祥和的老人，你這多麼平易可親的大使先生！你該有顆溫柔仁慈的心！為什麼你不贊成約翰愛我呢？為什麼你不了解他比你們更喜歡我呵！」

心裡一遍一遍的吶喊著，而我卻沉默了，想起了幾個星期沒有見面的影子，我的笑容顯得僵木（也許哭泣對我更適合），我已無心於酬酢的歡愉，待莊萊德夫婦辭出後，我便坐上記者亞當先生的車子，讓他送我回去。

時光如流水，靜靜逝去！

大陸災胞救濟總會為一二三自由日加強宣傳工作，邀請各報記者去澳門訪問大陸逃出的難民，我代表正聲公司去了，那時，關心我的親友們勸我不必作遠行，並且說：

「澳門總是不太安全的地方——又祇有妳一個女的，記者多得很，妳何必——」

「一個女的？」我縱聲笑起來：「妳們忘了前幾年我去菲律賓也是祇我一個女記者呵！我不是好好的回來了嗎？」

但是，我的情緒已與當年不可同日而語了，去菲律賓時，我如剛升起的朝陽，正沉浸在熾熱的美夢裡，愛情與事業的欣欣向榮帶給我愉悅和希望！我雖遠行，卻時刻懷念著「不如歸去」的心情，急急回來；而今，我又將出去，生命卻顯得無限空虛黯淡，祇因為我心無所寄，情更徬徨……。

我不能不懷疑我的「諾言」是否有值得了？等他！一天接著一天，一月接著一月……等他！值得嗎？

每次我問自己，又答覆自己；等他！值得的。

我收拾了行裝，即將啟程那天午後，意外的一位不速之客來訪，他是美新處處長麥加第先生。

待他坐定，我仍掩不住自己錯愕的神色，麥加第是約翰至好的朋友，他的來臨必然有什麼事故發生，他不會說中國話，態度也沉重，相對默默片刻，他便開門見山的說：

「約翰不放心妳，他不便來——」

「他好嗎？」

「他很憂愁，因為他要妳！」麥加第怕我聽不清楚，盡量說慢了，「——我認識他到現在，第一次看他這樣嚴重……他說他找到了他真正的對象，他一定要得到！妳明白嗎？他是真的要娶妳！」

「我明白……」

「坦白的說，大使不會同意這件事，為了避免突然把約翰調回國，你們暫時不能見面，一直到他的妻子先回美國，按照他的計畫做！」

「我影響他那麼多。他是何苦來！」我心裡想說。

「我想——如果是真實的愛情！可能必需先有痛苦，妳經得起這樣的考驗嗎？海倫？」

「——等待嗎？」我抑起頭來看他。

「是的——六個月以後他才能走，這六個月內，他不能見妳，這是他們協議的結果！」他低下頭來，思索了一下，「他的妻子當然不願離婚！」

我更矛盾了，面對著這樣明顯的抉擇，失措的流下淚來，我哭著說：

「我不知道……我不知道怎樣做？……告訴我，我該怎麼辦？」

「別哭！」他安慰我，「別哭……堅強起來！」

「……現在，我可以使約翰改變主意嗎？」

「除非妳不愛他——戲弄他！」

「不！我沒有，我要他快樂！」

「祇要妳真的愛他，煩惱就會過去的！他們夫婦不和好，並不完全由於妳，他們一直是不協調的生活在一起很多年了，如果妳以為是妳的責任，那妳太傻！」

「……至少，他已經很痛苦了，不是嗎？」

「所以——」他站了起來，走近了我。「所以妳要給他信心，他要相信妳的愛情，妳的等待！」

「我……」囁嚅著，眼淚不禁流下，抬起淚眼，我聽見自己寧穆的聲音：

「他可以信賴我，我早已答應他了！」

麥處長深喘了一口氣，感動地伸出手來，握住了我的手，並拍拍我的肩膀說：

「你們會成功的！海倫，我立刻去告訴他——」

「是的，我會等他！多謝你！麥先生！」

他走到門口，又回身看著我：

「海倫，有緊急的事，可以打電話給我，我會幫助妳——」

我搖搖頭，又點點頭；他微笑的向我說：

「約翰是個幸運兒！他沒有錯。」

我到了澳門，約翰並不知道。

我以為我必須讓自己生活更忙碌而緊張，改變眼前的環境，至少可避免觸景生情，又添煩惱，何況，我要把心頭已經點燃的火苗熄滅，不能一任它不可收拾的灼傷自己，每當我想起了許給他的「諾言」，我的神經就抽搐焦躁起來，午夜夢回時分，我常披衣佇立，反覆的問自己：

「……還不夠嗎？為感情而吃的苦頭還不夠嗎？妳自己不想想，任妳多麼倔強的性子，能經得住幾度心靈上的『遍體鱗傷』啊！妳果真有勇氣又一度把信心的塔，築在沙土上嗎？妳這愚不可及的女人——愚蠢！愚蠢！」

「這時分，有誰知道妳迎風沾著夜露，有誰知道妳貞淨的靈魂和肉體？曾誓言愛妳一生的人，已經遠揚了！那宣稱要娶妳的——可能今夜仍然伊人在抱……」

「多可笑，『我等！』就這樣輕輕一諾，陪葬了無數日子的寂寞，無限空間的煩惱，妳，永不屈服的女人，為什麼這樣蠢！」

紊亂的思慮，煎熬著我，我告訴約翰，那時，確實逼迫我存心要改變計畫了，沒有他的聲音，沒有他的形象，沒有他的訊息，有誰能忍受這虛虛幻幻的「等待」！

「你真有那麼大的耐性，一直不見我？」

「這種苦沒有人能了解，我不願解釋，尤其，我知道妳心那麼軟，又有以前痛苦的經驗，最擔心妳不信任我，那我的苦心就白費了！」

「不見我，你一點也不關心麼？」我仍覺得委屈。

「我祇有一個信念——拿事實給妳看！我知道妳除了『事實』，不信其他，如果我做不到，我怎麼來見妳！」他總是說著說著，語意漸轉，憤慨的說：

「我恨那些可怕的經驗——使妳不肯全心信賴我！我恨誰竟肯傷害妳這樣善良的女人！」

也許，我是善良的女人，但是，我不希望自己那麼蠢，蠢得無從分辨善惡，真假虛實，我該不致如此，而我承認，我曾動搖過……。

那次澳門之行，是我難忘的；為了安全及便利，我的錄音訪問都在午夜時分，深宵人靜時，傾聽那些枯瘦如柴的難胞，細述匪區實況，真是句句辛酸淚；當我站在寒風凜冽的山崖上，遙望隔岸一片蒼涼的土地，正是匪區人民公審的場所，悲慘的景象，加在眼前，我又從一所學校的鐵窗櫺間，看見對面匪區站崗的民兵，一身襤褸污舊的破軍服……。

親眼目睹的事實，緊扣著我的心弦。

這是一個生死存亡，激流澎湃的大時代，我所選擇並從事的這份工作，是神聖而有意義的，那已足夠使我把兒女似水的柔情凝固成冰了！我覺得工作的昂奮，代替了一切！

澳門救委會容海襟先生陪著我參觀各處，那天看完了國父故居陳列館，在滿園陽光下，鞠躬、獻花，我佇立在國父的銅像前，默然良久的注視這偉大的形象，那是我一生中崇敬仰慕的理想，也許，我淒惻的神情影響了容先生，他直率的說：

「妳太累了，白天到處跑，晚上要錄音，我從來沒見過一個記者像妳這樣拚命做……妳到底是為了什麼？」

那一臺讓我扛著四處奔波、很重的錄音機就在眼前。

「這是我的工作，我的責任，不能不做的。」

容老先生苦笑了一下，語氣更為體貼。

「這麼說也沒錯，祇是別太辛苦了，還是要多休息哪！」

「謝謝您的好意，回到臺灣之後，我會好好休息的，現在還是必須把工作完成的。」

回臺灣後，我並不真能好好休息，卻也樂於投入工作，我寧願辛苦忙碌，也不願助長情感的火焰，以免灼傷，縱然那個冬天格外冷冽。

某天傍晚，我在電臺用過晚餐後，心中太急著想回家，一見公車過來就上了車，坐錯了方向，迂迴折騰後，好不容易回到家，既是感到疲倦，也是鬆懈，竟然什麼事也做不了了，祇望著窗外的街燈發呆。冷天驅散了向來聚集燈下的飛蚊，飄忽的光影之間，似乎缺少了什麼。

突然的門鈴聲驚醒了我。我回過神來，心想這個時候怎麼會有訪客。開了門，原來是約翰的好友史密斯先生。

我請他入內的同時，詫異地問：

「怎麼會過來？」

他看看我，又看了一眼祇開一盞立燈的客廳，淡淡的說：

「我來看看妳的生活，看看妳過得好不好，需不需要什麼。」

我知道他是為約翰而來的，心中先是甜美，卻又湧起一股酸楚，那酸楚本能地溢到了嘴邊。

「我的生活有什麼好說的呢？不過就是上班工作。」

我請他入坐，奉上茶。

他喝了口茶之後，又問：

「妳有什麼打算？」

我知道他也是替約翰發問。

「我不用打算，我就一個人帶孩子過生活。我需要自由，不需要家庭。」

「難道你不想再接受一個婚姻嗎？」

「我得工作，我得生活，我不能停下來，我不想再有婚姻關係，不要再和一個人結婚，我不需要家庭。」

他看著我，我們四目相對。

「你不需要家庭，但孩子也不需要嗎？」

我楞住了——

「海倫，妳有想過孩子們是無辜的嗎？」

我眨了眨眼，舔了舔唇，瞠然不知所答。

「認識他二十多年了，我第一次看見約翰這樣瘋狂……」他搓著手，自言自語似的：

「他說他要妳，祇要能離婚，他寧願犧牲一切，在所不惜，他竟肯考慮那樣苛刻的條件，真是瘋了！」

「條件？」我顫聲的問：

「當然，按照美國的法律，離婚是給女方絕對的保障！」

這畢竟是現實的世界呀，可是，我自己呢？當年赤手空拳的走進了這個社會，離婚所給予我的祇是——還我自由，絕無其他！

我明白了，這悠長的日子裡，約翰比我更苦啊！我僅僅負擔著心靈上的折磨、思念；他卻忍受著雙重的煎熬，為了我，他要將經濟的計畫重寫，現實的金錢魔掌壓著他！

「史先生，她同意了？」

「什麼都已成定局——祇剩條件還在討論！」

「——啊，我真抱歉……」

「不要這樣說……海倫，妳也沒法抵抗，這是命。」他拿起了放在腳邊的紙盒，和藹的笑著：

「我反對你們的事——可是，我多矛盾，還帶這個來，妳打開來看看！」一邊說著他幫我拆開了紙盒：

一床粉紅色的電毯，清新柔軟，可以想見通上電流，它該是多麼溫暖！它真是可愛的禮物！

「……這……電毯！」

「是的，約翰要我送來，他說寒流來了，怕妳冷……」說著，史密斯先生起身告辭，當時，他一定料想不到，我們結婚那天，他是男方的「介紹人」。

那一個漫長的冬天，每當窗外寒風颯颯的時候，我蓋著那粉紅色的電毯，它輕輕的、軟軟的覆蓋著我，又是那麼柔適暖和……我常常撫弄著它，靜靜的遐想——

是幽夢中的幻影嗎？

五十一年初夏。

氣溫比春天燠熱得多，記得在那又煩又躁的季節，我的心境很壞，三天兩頭，小病纏身，傷風感冒，加上經常發作的扁桃腺炎，影響了我的節目，除了斷續向公司請假之外，也曾啞著嗓子，鼻子不通的勉強進播音室，一個以聲帶做為謀生工具的人，失了嗓音，該是最痛苦的事了，何況我又是這樣鬱鬱著！

那一陣子，熱情的聽眾朋友，做了我心靈上的支柱，有的送花，有的贈藥，有的名醫自荐，有的詩人且用優美的詩文安慰我，鼓勵我，公司裡的同事也處處對我關注，使我忘卻自己在生命旅途上的孤獨和寂寞。

可是，有一天，我果真病倒了！

頭昏沉沉，四肢乏力，熱度不斷上升，量一量體溫，天！四十度！我請房東太太為我向公司請了假，蒙頭便睡。

正在神智不清，雙頰如火的時刻，有汽車停落在門口的聲音，接著門鈴響了，大概房東知道我病著，便出去應門，然後，我聽見有輕輕的腳步進來……！

我睜開眼睛，房裡昏暗，祇有街燈微微亮著，映在我深垂的窗帘上，映出一個悠悠的影子，我看不清是什麼，略一轉動，那影子挪近了，近了，漸漸清楚起來，我仍不相信自己，伸手把床前的小燈撐開——

是的！約翰！他就跪在我的面前！

幾個月不見，他瘦多了，兩眼緊緊的看著我，嘴裡喃喃的，不知他說些什麼，凡是他著急，他就說起英語來，他摸我的額，滾燙，又摸我的手脈，急跳！他霍然地站起來跑了出去——

十分鐘左右，他帶來了和平東路的一個老大夫，那不是有名的醫生，我知道一時慌了，他祇想立刻有醫生來診治我，老醫生慢吞吞，給我打了退燒針，服了一包藥，臨走，又再注射了一次，說是流行性感冒，不用急！

我一直沉默地注視他……。

全身像烤著熱鍋爐，大顆的汗珠滾出來，約翰伏在枕邊，小心的用手巾拭乾了它，我舔了舔焦灼的唇，他便拿起茶杯，斟滿了水餵我喝——

我聽他輕輕在我耳邊說：

「就會好的——不要怕，乖！（我的英文名字海倫，與他母親同名，因此，他一向稱呼我的乳名）我不再離開妳，乖，我不再離開妳……妳好好的睡吧！」

我的心是清醒的，而我萬分困倦，竟然沉沉睡去。

這一夜，我被噩夢驚醒過好多次，醒來時，體溫仍燒熱未退，我知道約翰在身邊，他沒有睡，也走不開，癡癡地看著我，守著我，我多想開口說話，可是，張開嘴，舌頭竟是麻木的，千言萬語，絲絲縷縷……我實在無法集中神智。哪一句話才是最重要的？第一句說什麼？我不知道，他來得太突然，我怎麼知道該說什麼？

他看見我睜開眼睛，便用手指輕輕掩下它，小聲地說：

「——好好睡，明天再說……好好睡啊！就會好的，不要急——睡吧！」說著，他把一頭卷曲的深棕色的短髮，移向我的床褥邊，吻著我露在被外的手掌心——

我能感到他的唇，是涼涼的，熨貼在我灼熱的掌心，我不曾移動我的手，可是我卻睡不著了，繁複雜亂的思想，交織成一片朦朧的網，密密的裹著我，我聽見自己濁重的呼吸和心跳相呼應……。

「約翰……」我喚他。

「啊！」他猛吃一驚，趨前就我，他的眼神如此困倦，但是出奇的溫柔，「……要喝水嗎？」他問。

「不，我要起來！」

「妳不該起來，還有燒，起來會著涼的，這是半夜了！」他雙手撳住了我的肩頭，怕我真會翻身爬起；

「我……睡不著！」

「妳又在想些什麼？」

「我想……你怎麼敢不回去？」我鼓足勇氣問他。

「她們今天回美國去了……」他低低的說，臉上掠過一片輕愁的霧，祇有眼睛是亮亮的，好像有淚光！

我不敢相信那是事實，然而，那確是的！算算日子，真是六個月的時光如煙消散……他實踐了他的諾言，如期送走了她們，撇開妻子不說，畢竟還有他的親骨肉——三個女兒，天知道他是何等決絕的奔向一個目標，要嚥下多少苦水，不讓自己的意志軟化下來——才能面對現實的離別！想到這兒，我的心如跌落在荊棘叢中，千針百孔，鮮血淋漓……。

我覺得悲傷，淚朝上湧，可是眼睛卻乾澀的刺痛，喉頭哽咽，一句話也不能說，一滴淚也流不落，我閉上眼睛，顫抖的歎了一口氣——

「別想了，乖，答應我別想什麼……妳病了，別忘記妳病了，睡吧，等好了再說……」床前的燈，被他熄滅，屋子裡頓時烏黑，我知道他走向客廳去。

不多時，一聲清脆的打火機響，又是一根Pall Mall煙點上了，我能想像躺在煙缸裡的，數不清的煙蒂兒……。

我一連病了七天，一天比一天輕減。

約翰每天照顧我，除了上班的時間。他不肯離開我，有幾夜，他看我安然熟睡，才回家安息，我們彼此把心中最柔和的一份情意，顯示給對方，因為我們畢竟離別得太久了，尤其是約翰，他把我像孩子似的寵愛著。

這場病，它對我有所啟示；若不是孑然一身，獨臥病榻，在天色漸暗的黃昏時分，經歷那種淒涼無告景況，是不會體味到病苦無依的真實況味，某個文學家曾說：「不曾哭泣過長夜的人，不足以語人生。」我便有那樣的心境，深覺自己在人生的戰鬥中，已經軟弱得搖搖欲墜……。

我不是已經出力的掙扎了嗎？在過去幾年中間，竭盡自己所能，為活得硬朗、生動、美好而孜孜不息的努力嗎？我是個女人，然而，多少年來像男人一樣的奔波辛勞，究竟我是女人！我有一般女性優柔的性情，一般女性的希冀和夢想，在我心底深處，我渴望被愛……渴望一雙有力的異性的臂，圍築成我安適的避風港，讓風雨中的行舟，得以駛息在那裡，做個陽光明媚的春夢——

我是如此困頓怠倦，而且瘦削……可是，心情卻如撥開雲霧的皓月，既清靜又明朗，約翰的信守和誠摯，減輕我對男人所原有的成見——天下並非盡是黑色烏鴉，祇是白的太稀少，太珍貴呵！

廣播工作不比尋常，我請了七天假，第八天晚上便開始恢復了我各項節目，日子又步循了常規，祇是我身邊多了一個友伴——司馬笑！

那一晚，我們在美軍軍官俱樂部吃了晚飯，他要我到他家中幫他清理書刊，我躊躇著——他的家，雖然人去樓空，畢竟仍是他那邊的，一草一木都是舊時一樣，以前，我曾三度在他家做客，如今，景物依舊，人事全非，我又何必使自己敏感的心靈受折磨……我說：

「我想，我不去的好！」

「為什麼呢？我需要妳幫忙呵！」他接著說：

「——而且，我要好好跟妳談談，關於我們的事！」

我的情緒立刻緊張起來，它像是一種明知不可避免，而又不願清晰顯現的幻覺，隱隱的壓迫著我，使我的思想一直是矛盾的，我時時都希望把它統一起來。

於是，我隨著他的車，馳向他的住宅。

那是一所純日本式的房子，和楊繼曾部長以前被焚的住宅是緊鄰，那房子十分寬廣，庭院蔥鬱，景色典雅，可是，房間太多太大，祇有他一個人住著，就顯得有些陰森森的，頗不自在，以前伺候他的三個佣人都被解雇了，他另外用了一個年已半百的山東老鄉，喚作老楊。

一對名貴的臘腸狗，前後撲躍著歡迎主人，自從她們走後，牠們當然很寂寞；這兩隻狗都是純種的，約翰給牠們取了個奇怪的名字，一隻叫「狗狗」，一隻叫「媽媽虎」！我確實喜愛牠們，可惜不多久，牠們被分送兩地飼養，因為我的居處養不下牠們，而約翰又經常不在自己家，為了怕無人好好照拂，祇有替牠們設想，給牠們找個適合的主人，歡樂的家。直到現在，我們仍時常懷念這兩隻可愛的小狗。

老楊給我們拿了飲料，便出去料理其他，我們相對坐在前面大客廳裡，雖然燈火輝煌，而傢俱都由她們運往美國，寬廣的榻榻米一列列的，令人感到虛空浮盪，氣氛就變得憂悒起來，我環視左右，笑著問他：

「那麼一大所房子，你一個人住不怕？」

「——有時候，有一點點——不自然，膽小的真不敢住呢！我當初看上這幢房子，是喜歡它完全日本式的，有人說這裡鬧鬼哩！」

我嚇了一跳，矜持的說：

「胡說——什麼鬼？」

「別人告訴我，這房子在日本時代是一個大元帥的官邸，日本投降時，這個元帥就在這所房子裡剖腹自殺……」

「……真的？」

「誰知道？後來湯恩伯住這房子時，就常常鬧出奇奇怪怪的事，人家都認為是元帥的鬼魂作怪，大家不敢住！」他說得那麼輕描淡寫，我卻真的有些發毛了：

「你怎麼敢住？你看見過鬼嗎？」

「我剛搬進來時，就向這個元帥作一次禱告，我說如果真的有鬼，就請他現出來讓我看看，可是──」

「你看見了嗎？」

「可是，我每次在三更半夜起來，故意在黑暗的地方睜開眼睛看……卻什麼也看不見！」

「噢──」我吁了一口氣。

「我們住了兩年多，根本沒有鬼！」他說著哈哈大笑，又大聲說：

「妳的膽子這麼小，真想不到！」

我有點生氣，不高興的低頭坐著，我不喜歡他所講的故事，不管是真是假，而且他揶揄似的笑，使我失去了安全感，我站起身來：

「如果沒事，我該回去了！」

看見我不悅的神色，他失措了，說不出話來，祇傻傻看著我。

「妳真的怕鬼？」他走到我面前，拉起我的雙手，「乖！別生氣……其實，這個故事能給我們很多教訓！」

我仰面凝視著他，他微笑：

「它證明了傳說和幻想都是不可靠的！一定要看真實的情形。」

我聽出他的話中有意，進一步問他：

「你今天要跟我談什麼？何必拐彎兒抹角的……」

「是的，請妳先看這些……」說著，他在抽屜裡拿出一包東西，裡面是一疊紙張，全部是英文打字的文件，他遞了過來給我——我看懂了是一份協議書，但是，其中有太多專有名詞以及晦澀的公函式的文字，我唸不下去，他明知道我的英文不行，這不是故意難我麼？

「我不懂！你痛快的說吧！」我一手遞還給他。

於是，他便以慣常那樣慢條斯理的語氣，逐一向我解說文件中的字意，那是他和她商量後所協定的條件；關於女兒們的撫養處理，我並不介意，關於財產的分配，我根本沒聽進去，關於那些瑣碎的其他，我也未曾留心，祇是，最後的一項，使我的臉突然熱了起來，而心卻涼了下去——

她同意離婚，認可各項條件，但是，到美國法庭請求判決，堅持在一年以後才肯去！很簡單，她要以一年的時間等待，等待我和約翰的變化，她要以一年的時間，爭取她失去的一切！

我能說什麼？站在女人的立場，我的理性傾向於她。

可是，人類自私的感情開始激盪……已經有過漫長的六個月隔離，如今，又是一年，一年，三百六十五個日子！

這樣的情況，把我的自尊心損傷了，我想起那些環繞在我四週的人物，那每一次一束玫瑰的F.，那每日一函的S.，那畫家的含蓄，那詩人的奔放，富有的也仰望我，清貧的也敬慕我……我不必等待，我不需施捨，我可以任意得到我所要的，俯拾皆是，毫不費力——

如今，我在約翰面前，卻變成了乞求給予的、飢渴的人！

我的「千金一諾」，竟顯得「一文不值」了！

我怎麼那樣無條件的，心甘情願的，做了他的俘虜？

真沒出息，一而再，再而三的「等」！多像個嫁不出去的白癡女！

我那骨子裡的倨傲、任性、衝動、激怒……火似的冒了出來，再也壓抑不住了，我猛地站起身：

「一……年！」聲音顫抖，腳也發軟，手心滲出汗來。

約翰的臉色蒼白，連嘴唇都失血似的，看出來我是真的怒了，他急迫地衝著我：

「冷靜一點！妳聽我說——」他按住我的肩頭，使我乏力的又坐下。

「一年！」他說著，俯身跪在我的膝前，語氣聲調那麼輕柔：「乖，妳聽著——一年，用一年來換我們的一輩子！」

我抿緊了嘴，不說話。

「這一年，不像那六個月，我要天天和妳在一起！」

聽了這句話我火更大，但是，我仍然不說話，凡是我真生氣，就會變得像個啞巴，直到現在，我改不了這個脾氣，這是約翰最怕的一件事，而當時，我確實被一種自我矛盾的心理衝激著。

我不止一次的自問，對他的感情，足夠到達婚嫁的程度嗎？從來替他設想，處處以他為出發點，為什麼不回過頭來想想我自己？

我有相當充裕的經濟收入，有頗為賞識我的工作環境，有極好的社會關係，有許多情意真摯的友人，再說到我的家世，父親的一系，雖屬清寒讀書人，先祖父何公孟璇，是故鄉一代名儒，入門弟子無數，母親更是宦家之女，先外祖陳寶琛氏，世居北平，官至太傅，李鴻章任北洋大臣時，我的外祖父奉命為南洋大臣，母親雖是當年舊禮教婚姻下的叛徒，但是列祖列宗，直到現在我們的血緣是黃帝的子孫，純東方的！沒聽說過有一個外國人介入！

儘管說西潮東漸，時代不同，要我做為美國人的妻子，真不可思議！我一向不是「洋派」的人物，英文祇限於哼哼幾首流行的抒情歌曲，還得慢拍子，什麼搖滾、扭扭，詞兒一快，舌頭就跟不上，何況，看英文的時候多，用英文的機會少，如果有朝一日，要生活在「洋化」的環境裡，百分之百我會受不了！

他雖然說一口夠水準的中國話，畢竟，他的朋友大多是美國人，他的親戚也是不折不扣的碧眼兒，要是嫁給他，我怎麼應付這個環境？

回顧中國近代史上，有幾對成功的異國良緣？不多，實在數得出來——飛虎將軍陳納德和女記者陳香梅的結合應是耳熟能詳的一對！還有……一時想不起，總之，鳳毛麟角，太不容易找！我自己未必運氣那麼好！

在他那一邊的親友，免不了帶著白種人的優越感，殊不知，世界上最驕傲的民族，該屬我們中華民族，我們的祖先已經熟讀四書五經的時候，他們祖宗多半才離茹毛飲血時代不久，我們數千年的歷史文化，培育成這堅忍善良的民族性，我們深厚的根本，悟性和靈慧……豈是單純的西洋人所能望其項背？

嫁給他！我還覺得委屈呢！

我木然不語的坐在那兒，心如止水……。

他在那寬廣的榻榻米上來回的踱著方步……。

夜是靜止的，晚風很涼。

我默默站起來，請他送我回去。一路上，他一臉秋霜，神色頹唐，飛快的開著車子，我聽見車窗外風聲呼呼的響……不一會，到了我家門口，他像往常那麼多禮的為我開開門，扶我下車；

我掏出鑰匙，回身道了晚安，並謝謝他的宴請。

他楞楞的站在車旁，一言不發，待我推門進去，他大步的走了過來，雙手扶住我的肩膀，眼睛卻是嚴肅的射著寒光，他說：

「……不要忘記，我是愛妳的！」

說完了話，調轉身去，急步回到車中，以最快速急促的動作，讓他的車子飛馳而去……。

留下我，如在夢中。

早上，我傾去殘了的玫瑰，把新的、含苞的花枝插上，我太喜歡玫瑰花，祇因為我的喜愛純粹是付予花朵本身，愛它的色澤、美豔、都麗，卻忽略了贈花人有什麼用意，我又從信箱裡檢出了一封信，多麼美的詩文，多麼純的情愫，祇因為我愛讀那些有修養的字句，卻忽略了寫信人有什麼深情，就在這樣無心的錯失之中，我刺傷了多少善良的心靈！那一陣子，我可算是個任性的女人！

但是，我依然寂寞……。

那天，我懶洋洋的走進正聲公司，管理收發部門的阮春榮先生跑到我面前，他高興的叫著：

「恭喜妳啦，藍明小姐！」

我一楞，不知喜從何來？他把一張公文遞給我：

那是行政院新聞局的一張公函，他們一年來作了不公開的公開測驗，測驗全省各電臺，哪一個節目最受聽眾歡迎？哪一位節目主持人員最受聽眾喜愛？在前一項裡，他們填上的結果是：「夜深沉」及「正聲歌曲選播」，後一項裡，竟然祇有兩個字：藍明！我真是有點兒受寵若驚！想不到，我的辛勤努力，不是白費的，而這樣的「豐收」，卻是太意外了！

夏總經理知道這個消息，親自頒給我一枚金質獎牌，作為鼓勵；那金牌，圓形的，當中刻著三個大字「金牌獎」，上下小字是：「正聲五十一年度——最受聽眾歡迎之節目主持人」，反面有我的名字。

就在那時後，美國安全分署所舉辦的電視廣播特技訓練，要臺灣方面選派兩名廣播人員去美國大學聽課，並在電視廣播臺作實習觀摩，為期一年。

經過了多次商榷、考核，推選了一位中廣公司王大空先生，另一個就是我，但是，我們仍須經過嚴格的英語測驗，因為這是人才訓練培育，而不是一般性的考察，我很榮幸得到這個機會，心裡卻不安得很，我擔心我的英文太差。

負責這一部門的高級官員哈悟德先生，是個禿頂的美國單身漢（他曾獲得金門「榮譽公民」的頭銜，日後與臺籍賴小姐成婚），他似乎對我頗具信心，常告訴我說我的英文程度並不是那麼糟的，要我好好應付最後的筆試，而我還是膽怯如故，直到那天清晨，在英語中心樓上的教室裡開始考試，我的心情始終不曾放鬆過。

試題由淺到深，聽、寫，都過去了，最後是口試，那位考試人員是在英語中心任教的老師，本省人，很年輕，說得一口流利的英語，我們談得很好，更可喜的，是他常聽我的「夜深沉」，對我有先入為主的好感，我一高興，福至心靈，英語便覺順暢，自己相信這一關是通得過的！

考完回家，約翰已在門口等我了。

他手裡捧了一束黃玫瑰，默默的，向我微笑……。

約翰最不懂得送花，他送給我的禮物很多，戒指、耳環、手鐲、別針……乃至我慣用的香水，卻很少送花給我！

望著他捧花的姿態，我忍不住笑了！一邊開門進去，一邊問他：

「你怎麼想起來送玫瑰花？」

「妳喜歡，不是嗎？」他溫柔的說，可是音調裡也有些悵惘，他清楚我瓶裡的玫瑰是別人送的。「多謝你！黃玫瑰一定難買吧！」「我覺得黃的比紅的更好！妳說呢？」我沒有回答，因為我愛的是花，不像他別有所指，待他坐定，我倒了兩杯茶，一人一杯，我們都有重重的心事，彼此覺得不寧靜，不自然，還是他先開口：「下午打了幾個電話給妳，妳沒去公司……」

「是的，我去……考試！」

「考試？」他疑惑地。

瞞著也不成，遲早會知道，我垂下眼瞼，望著自己的腳尖，把全部情形告訴他以後，我下了個結論說：

「憑我的英文程度，一定是考不取的，管他呢！」他的神色立刻變了，剛丟下煙蒂兒，又掏出一根點上，好半天不說話，祇是閃動眼睛看我，空氣裡凝注些什麼淒清的氛圍，我也沉默著。

他終於開口了：

「妳打算離開我嗎？」

「誰說的？」

「妳肯參加考試，妳毫無拒絕的意思，還不是要離開我？妳要去美國……」他坐近了，逼視著我。

「我不過想試試，這是個好機會，別人求還求不到呢，我當然不肯放棄，而且——一年就回來了！」我理直氣壯的說。

「乖，我說過多少遍，結婚以後，讓我帶妳去美國，那是我生長的地方，應該讓我帶妳去，介紹給妳看——妳何必一個人去？」

「約翰，你得講理，我自己去跟你帶我去根本是兩回事，你這樣說，好像我為了去美國才要嫁給你，多笑話！」

「請妳不要誤會——」

「結婚！你老是用這兩個字來拴住我，六個月完了，又是一年，一年完了，誰知道你還有多少日子？我不能捧著這兩個字作夢！我要顧及我的前途，我的事業！將來，我不但要為我自己謀生活，還有我的孩子！我需要更多的學識，來適應我的環境，你懂嗎？」很難得把積壓在心頭的話，簡明的說出來，舒服多了！

「妳——真肯離開我那麼久？」他的語氣沉重。

「不過是六個月的一倍而已！」我奇怪自己那麼冷靜。

他站起來，憂鬱的看我：

「——我離不開妳，越來越深的——愛妳！」

我的心軟了，聲音也軟了。「約翰！我明白……這次，就算我請你『等』！」

「等？」

「請你等我一年！」

他無奈的把我擁在胸前：

「別說是一年、十年、二十年，我也肯！」

當晚，我們去中國之友吃宵夜，他喝了不少酒，借酒澆愁使得兩人心情都悲涼，好像離別就在明朝似的。

第二天，我接到哈悟德的電話，請我去他辦公室談談，我按時前往，看見他狀似不悅的對我說：

「藍小姐，剛才我們開會，有幾位貴國人士反對妳去美國，理由是妳尚未結婚，出去可能不願回來……，他們也認為妳想去美國探視妳的男友……」

我可真是冒火！

「誰說的？請告訴我誰說的？」我的聲音很大，女秘書探頭進來看了一看，哈悟德先生祇好笑著改口：

「別擔心，我們不介意私人的事情，妳當然不必動怒……」

我好恨這些無事生非的人們，為了想達成深造的願望，我要離開在這兒的「男友」才是事實，而他們偏偏胡思亂想，真把我氣迷糊了！我衝著他叫道：

「我沒結婚有什麼錯？我已經向正聲公司立了保證書，保證回來為正聲服務兩年，我可靠的保證人是張炎元先生和李樸生先生，你可以打電話問我們總經理！」

他看我真怒了，嘻笑的客氣起來：

「別介意吧！他們可能是誤會——今晚，我可有榮幸請妳吃晚餐？」

想不到，他竟談到題外去了，我沉下臉來：

「對不起，我與男友已經有約了！」

他攤開雙手，聳聳肩，表示失望，我不知哪兒來的勇氣，冷冷的向他說：

「——你們可以公正的選擇適合的人員，我來應徵，僅因為我有關於廣播的年資和經驗，我有足夠的條件被公司推薦給你們，那是純然公開的事實。至於把私人的問題，牽涉在內，真太無聊，美國方面何不把『不准婚配』列入條件之一？甚至，把『不准探視男友』亦列入其中？」

哈悟德先生可能一向承受著中國人民給他的友善，從不曾聽過如此冷漠的語氣，他一時不知所措，而我氣猶未消：

「我們感謝你們政府的協助，但是也僅限於合理的情況，你們當初已考慮我本人是否合乎條件，現在應該信賴我們公司的推薦，彼此不信托，將來怎麼合作？你剛才所說的幾位和你開會的中國人，與我毫不相識，可能他們受了以『美金』計算的俸薪，處處替貴國設想，怕你們因此損失了一筆費用，是嗎？」

他聽了這話，竟然笑了，他說：

「藍小姐，妳的英文比我想像的更好！而且，妳的表情、聲音，應該上電視！」

我並不認為他是善意的讚美，憤憤的站起來：

「謝謝你，哈悟德先生，我該回去了，我必須嚴重的告訴你，我愛中國，不論你們的國家多麼進步，多麼繁榮，它不會留住我的，是的，有些人到了美國便不想回來，但是，我不！即使我一生不去美國，我也不遺憾！我相信有無數的中國人也和我一樣，更愛自己的國家！」

我禮貌地伸手握別，他一定會覺得我的手冰涼。

在華盛頓時，我曾與他新婚不久的太太通了一次電話，知道他患嚴重的肺病，動大手術割去了一半肺，目前正在休養，他太太客居異國，又守著病人，在電話裡向我訴了一大堆苦經，我祇有安慰她忍受一時了。

結果，我失敗了，他們告訴我，英文不及格！

約翰是最樂意知道這個消息的，我失去赴美的機會，當然就不會離開他，而公司方面對此不無遺憾，因為那確實是極好的進修良機！祇有我自己既矛盾，又感慨，更覺得世途之艱險崎嶇！

為了安慰我失意的心情，約翰以他工作之餘的時間，全部給了我，他總是找機會陪伴我，如果我有不可避免的酬酢，他甚至願意屈就臨時司機，接送一程，臺北的社交範圍有限，不多時，我和約翰的事件，似乎不可制止的喧騰眾口，各種的言論，四面八方向我們襲來……。

約翰卻是首當其衝的被擊中了！

按照美國外交官使外期限，是三年一期，當約翰正在任期中，莊萊德大使已返國，由柯克大使接任，不久，美新處處長麥加第也任滿賦歸，現在的斐恩處長來了，那一陣子，新舊交替，真把約翰忙煞，約翰既身為美新處副座的地位，除了交代上任新官斐恩一切公事之外，也曾坦坦白白的向他說明私人的境況，免得被風言風語更生誤會，他坦率的承認妻子先行返美，係準備離婚，並且，他也表示自己正愛戀著一個中國女子。

斐恩處長個性很強，獨斷獨行，很少聽從他人意見，很多朋友批評他待人處世不夠圓滑，然而，他給我的印象卻是不惡的，我欣賞他的灰髮，和他的社交詞令，那會使我想起一些慈祥的長者，不論他心裡如何判斷我，每當我們相見，他總是對我春風滿面。

當約翰吐露出了我們的事，斐恩開始是緘默的，過了幾天，他便向約翰勸告：

「你應該再三考慮，離婚並非一定幸福，首先你就被經濟混亂壓得不能喘氣了！而且——會影響你的前途……」

按理說，頭頂上司如此好言相勸，總算待之不薄了，碰到約翰，偏偏和斐恩差不多頑固，他直截了當的回答說：

「任何情況之下，原則不便，我要娶海倫！」

我沒有親眼看見當時的情況，可以想見，他們是不歡而散的。

當約翰任期上差一年零兩個月時，突然由華盛頓來了一道命令，調他即時返國任職，這不啻平地一聲雷，震得他幾乎措手不及。

很顯明，這是異乎常規的調動。

我知道約翰面臨了一生重大的轉捩點！此時的取捨，便是下半輩子所由賴之，任何人在這種情況之下，都將感到猶豫困惑，無所適從，若是我，更會亂了章法。

可是，約翰一如鐵石般堅定！

我一向不喜歡他那樣頑固，死心眼兒的脾氣，這次，我服了！

面臨著愛情與事業的邊緣，他選擇了前者，這是我內心感佩的，這份盛情，一直銘記在我心底！

記得那天晚上，約翰在我處用晚膳，餐罷，坐在沙發上聽幾張唱片，我們對音樂欣賞趣味不同，他偏愛鋼琴、交響樂等古典的唱片，而我則喜歡柔和的提琴曲，輕音樂的抒情演奏，可是，那天晚上，我們已經無心選擇唱片，電唱機裡播出的音響，僅不過調和一下沉重的氣氛，約翰平日嗜飲不放糖的黑咖啡，影響到我也染上同樣的習慣，我們啜飲著黑黑、苦苦的咖啡，好像嚐不到它的芳香，而約翰吸煙的次數又增多了。

我們彼此都覺心亂。

「想不到，事情來得太突然……」他輕輕地自語。

事實上，我已經考慮了很久，自從相識以來，我時時作這樣的防衛，我總是保留自己的感情，給自己留下一步餘地可以伸展，但是，我的心情一如所有的女性，敏感，纖弱，不知自己能否承受得了意外的打擊！

「他們要你什麼時候走？」我問他。

「祇有一個多月時間……今天，我寫了請求延期的信件給華盛頓方面，寫明了如不能延至任期滿後再回國，我便祇有辭職……」

「什麼？辭職？」我大聲叫起來：「你開玩笑嗎？你真的這樣寫嗎？」

「是的，我已經決定這樣做！」他冷靜的口吻，堅毅的眼光，明顯的表示了他所要做的，我卻慌了，連忙問他說：

「約翰，你不能再考慮嗎？他們既然一定要調你回去，你何必堅持呢？你先回去吧！反正現在離婚的事還辦不成，為什麼你不肯先回美國，一切辦妥以後，再來臺灣不是很好嗎？你在新聞總署工作了十三年之久，有今天的地位也是不易，你怎麼肯一下子放棄！」

他聽了我的話，深情的望著我，半晌，他說：

「乖，有時候妳好像不懂得愛情……」

「我不明白你的意思！」我難解的等待他的答覆。

「妳不明白嗎？什麼都是其次的，妳是第一！有妳才有一切，有一切不見得有妳，妳是最寶貴的，是我所要的！我從地球的那一頭，走遍了世界各處，直到發現了妳，我已經浪費了前半輩子，絕不再犧牲下半輩子！我不肯失去妳！」

「你並沒有失去我呀！約翰！」

「——妳不能不承認妳曾動搖過，妳喜歡胡思亂想，加上妳過去對男人的印象，再加上親戚朋友各式各樣的意見，妳就會把我當作普通的壞男人……隨時隨地，妳會突然不信任我的愛情，在我還沒有發覺的時候，妳就不理我，不回信給我，到了那時，如果我遠在美國，又不能向妳解釋，我非急死不可！」他做出無奈的表情。

「哼！你也太不相信我了！」我的確有些歉疚，可是，我嘴裡不肯認輸。

「——何況，妳的朋友太多……追妳的人又多是死心眼兒的，我不放心——就是現在，我都恨不能把妳裝在個玻璃盒子裡，祇讓別人看看妳。——」

「約翰！別胡說了，我是不贊成你辭職的，別忘了，在美國的人還得要你寄錢負擔！」我沉下臉來，嚴肅地盯住他。

他沉思了片刻，又抬眼看我：

「如果他們堅持要我回去，我祇好辭職，我絕不離開妳，直到我們結婚，將來的一切，都以妳為主！」

「我求你——約翰，為了你的前途，為了你的孩子們，請不要這樣做！我求你，你聽見了嗎？」我有些抑制不住的感傷……多坎坷的人生啊！一波未平，一波又起！

他始終不答應我，凡是他不肯做的，他從不「輕諾」，我暗暗叫苦，他若是果真辭職不幹，萬方責難，都將由我承當麼？失去了數千美金一月的薪俸，他如何照顧在美國的女兒們？在臺灣找工作談何容易？他又是個書獃子的脾氣，做不了長袖善舞的營生

——怎麼得了？

真箇是愁腸百轉，苦苦思量，總也無法找出更好的答案！直到有一天，約翰告訴我，他遞了辭呈，一切便成定局，一切便成不可改寫的歷史了。

為了約翰辭去美新處的職務，我傷心了很久，雖然我值得驕傲有如此摯愛的人，以他不移的信念，全心愛我，而我惋惜他的才能、心血、辛勞，十三年來……一旦付諸東流。在臺北四年任期中，華籍的同仁等，上至高級官員，下至司機、守門，至今，仍對他的友善親切，懷念不已，這絕不是偶然的。

我懷疑在他離職以後，美新處有幾位明哲的官員能賞識我國傑出的青年人才？像文采鋒利的李敖先生、畫筆清新的張杰先生、譯著並美的聶華苓女士，以至家境寒微的陳秀美小姐，他們都是約翰的好友，在可能的範圍內，約翰不時示以最誠摯的友誼，最真切的鼓勵，他愛惜真正有才華的人，並樂意與他們為友。因此，在他家中宴席上，我常能見到許多可敬可愛的人物。有時，我深深的感覺到約翰太愛中國了，也太適合於他所從事的中美文化事業交流的工作，他充分發揮了這份任務的意義，可惜，華盛頓一部分短視的官員，竟以一己的成見，犧牲了一個真正能為中美文化交流，盡其職守，並能使其發揚光大的工作者，何其令人惋惜。在我深心，的確企盼著兩國之間，應有更透澈、更切實的彼此了解，從基本觀念做起，才最重要。

約翰堅決的行動，似乎震驚了他所有的親友，探詢真相的信件不斷湧至，種種謠言也開始散播……。

最可恨的，是謠傳約翰未到任滿便先行調返，是因為他的妻子在國務院哭訴，當局才下令調他，已遏阻我們的婚姻——這簡直太無稽。

約翰的前妻——安，是個極堅強的、獨立的女性，她有豐富的學識修養，嚴肅、冷靜是她的特長，她父親是基督教牧師、北平燕京大學的英文系主任。可能那樣的家庭環境，使她養成篤信宗教，不苟言笑的性格，她處世待人，往往三思而後行，不論那一方面，她都處理得有條不紊，而且她能在極難控制的感情衝動之下，用冷靜的頭腦，商談離異的各項條件，她的理智，她的勇氣都是我所自歎不如，也是我至今引為歉疚的，因為我知道她依然愛著約翰，她為著愛，承受了他的背叛。

這樣堅強的女性，不會在人前落淚的。

我和約翰都不相信這件事，尤其是我，我真恨不能追究第一個造謠生事的人，究屬什麼居心？

一天，約翰帶了華盛頓美國之音一位好友的來信給我看，他滿臉無奈又不悅的神色：

「妳看——又是什麼人造謠？」

我接讀了其中一段：

「……聽說你迷戀著一個中國女郎，你用血寫信追求她，天哪！這是什麼樣的魔力，使我們的約翰這樣瘋狂？我真想看看她是怎樣的？值得用你的血……」

我真有點暈眩了，那純是無中生有的異想，想要把約翰造成軟綿綿的調情聖手，受人歧視麼？

約翰不是那種格調的男人，正因為他自始至終，表現了真實正常的男性品格，不曾羞辱過自己的尊嚴，我才更尊重他。他以信守、專一、誠懇、真摯，貫徹始終的精神，加上一份不渝的愛情，才贏得了我的奉獻。

我的確曾收到過不少「血書」，那不是約翰的，他追求我，從不曾愚蠢到使用這類十七世紀的、落伍的求愛手法，而我也不是簡單無知，一紙「血書」便能換取愛情的女人。

我無從安慰他，自從呈上了辭職書以後，那連日繁瑣的，即待移交的公事，和那影響他的各式各樣的謠言，都使他情緒落寞，唯一仰望的，便是我的愛情了。

神也不接受這愛情？

在我生命之中，戀火熊熊的點燃過……情潮洶湧的氾濫過……我總是一開始就被感情的迷霧亂了方向，不辨真偽，難分是非。可是，對於約翰，我比他更冷靜，我比他更保守，我從不輕易的多邁一步，就這樣波波折折的三年之間，隱蔽在心底深處的真情，才漸漸無遮攔的顯示了出來。以前，我不信約翰肯為我犧牲，我不信他肯為我放棄自己的家庭，肯為我捨去自己的事業，肯為我改變他所有的一切……難道他肯？為了我——一個既不年輕，容貌平凡，沒有背景，負擔重重的，曾經離過婚的中國女人，——他果真肯嗎？是的，從第一個聯合國日開始，他一步步的走向這個目標，不回顧、不退縮、不變更……「事實」果真勝於「雄辯」，不善言詞的他，已經幫助我重建起「信守」的觀念，擊破了我以前「懷疑」的心理病態。

我一直以為我是嚴謹地防衛在情感的領域內，絕不任他占奪更多的心靈地盤，直到他把最後一步棋放下，我才明白，投降的是他，而被俘虜全心的，卻是我！

這是我一生中，最理智而成熟的一次戀愛！每一寸情感都從洗鍊折磨中體驗過來。

我很嚴肅的同意了我們的婚事，正式的向我的親友們宣布我和約翰，願締白首之盟。

所有的人，當事情表面化之後，大半緘默了。可是，我開始忍受直接的評議，例如我自己少數的親戚長者，很坦率表示不滿我的舉動，一方面是不喜歡我嫁個洋鬼子，一方面，就像我表姐所說的：

「這怎麼可以？人家夫妻本來好好的，妳有那麼多求婚的偏不嫁，單單要破壞別人家庭幹什麼？我不贊成！」

但是，她並沒有堅持太久，約翰特意常常去拜訪，每回留給她更佳印象，終於，她轉向我表姐夫說：

「唔——真是有禮貌，那麼多次，每次抽煙他總要先敬在座的人……很文靜……可不像普通的美國人哪！難得對小乖一心一意的……」

這一關不難過，至今，表姐夫婦是最讚揚約翰的。

有一位文采風儀都曾令我心折的朋友，去年是他五十初度，當時聽到了這個消息，很深沉的對我說：

「要是十年以前，我膽敢橫刀奪愛，絕不讓妳嫁給一個美國人。我不要妳將來做個流落在異國的老太婆。」

這話太直率，誰聽了心裡都堵的慌，何況是我？可是，我不怪他，由衷之言才真可貴，他是個背負著超載的感情重擔的人，他不知道約翰文思比他淺，對愛情的游離面也比他狹窄得多，而且他也不知道約翰比我更心甘情願的，樂意埋骨中原。

這位可敬愛的友人，和約翰見了幾次面後，他的態度改了，有一回，他俯耳向我說：

「環顧左右，有誰比司馬更適合娶妳？嫁了吧！不錯的！」

有一天，我接到了一個奇特的電話，對方的嗓音幾乎使我不易辨聽，他斷斷續續欲言還止的說：

「藍小姐，我……要見妳！」

「請來吧，我在公司等你！」我聽出來，是贈花給我的那個大孩子。「有什麼事嗎？」我大聲問，他又冷場片刻，才期期艾艾的：

「我——我聽說妳要結婚了！要嫁給一個美國人？」

「怎麼啦？不可以嗎？」我有點兒惱了。

「——哼！他憑什麼娶妳？他懂得什麼愛情？他根本配不上妳——藍……妳真的要嫁

給他？」那聲音激憤地，轉而黯然神傷，「……我恨他，那麼多女人，何必一定要找上妳？……藍小姐！妳不知道我……我……唉！我再也不要見妳了！」

卡嚓！電話斷線，一切宣告終止，而我懸念的心完全放下，是在收到他結婚請柬時，距離那個電話不及兩個月。

最使我困惑的，便是龔士榮神父突然造訪。

龔神父是十年以前，在臺北樺山堂賜我洗禮，許我歸主的人。十年以來，外界很少人知道我是天主的信徒，我不在主日望彌撒，不領聖體，我不守齋期，我不懺悔，不告誡……在神父眼中，我是個全然迷失的羔羊，可是，他太疼愛我，時時刻刻仍盼望我回到他的柵欄裡來……。

祇有我自己知道，我的心歸向天主，從未背離祂。

我奔向人世間的真、善、美。我痛恨不忠、不誠、不信、不義，若是我犯了這些，必是無意的，凡是人固難免愚昧的錯失，我總在靜夜，用心語細訴，乞求天主恕我。

龔神父清楚我失敗的婚姻，是不該由我獨自負起十字架，他幾度告訴我：

「我明白妳的苦，離婚我不能同意，卻不再勸妳與他共同生活——妳是有能力獨立的女子，但是，妳不能忘記妳是天主的女兒，妳從此要小心謹慎，信守獨身的戒。」

「獨身！」「獨身！」「獨身！」這巨大的音響，震耳欲聾。

我應該獨身嗎？每當我暗自思忖，我就想放聲痛哭……我的內心交織著千頭萬緒的思慮，每一根絲縷，都呻吟著——不能，不能，不能！

我會哭泣著呼喚祂，主啊！我太平凡了，我是血肉作成的，我祇能過凡俗的生活啊！我祇要合乎人性的一切，愛人和被愛，我需要一個伴侶，在寂寞的人間與我同行。

我的祈求，神父不會諒解，他帶著牽強的微笑坐在我的面前，以他炯炯有光的眼睛看著我：

「一個教友告訴我——妳快結婚了？我不能不來看妳。」

「是——差不多了……」我輕輕地，怯懦地。

「妳真是不肯守下去？」他幾乎失常的說著，態度更肅穆了，我覺得自己的臉發燙，心跳卻遲滯緩慢……。

「你嘗夠了婚姻的痛苦，為了它，妳不惜背了天主的戒條——公然離異，現在，妳還要嘗試？妳這樣聰明，怎麼想不透？」

「神父，他——他不是那樣的人！——」我要辯白。

「妳不要告訴我，他是什麼人我不問，我祇要妳明白，妳是不必依靠男人的，妳年紀也不輕了，過幾年，好好把孩子撫養大，盡你做母親的責任——妳聽見了嗎？為了孩子，妳也不該再嫁，應該盡量犧牲。做個偉大的母親，海倫，我早說過，妳可以做個偉大的女人，為什麼妳不明白呢？」

我低下頭，眼淚落了下來，我心裡暗暗呼喊：我不是偉大的人，我不是，可是我也一樣盡做母親的責任啊！離婚以來，我何嘗有一時一刻忽略了孩子們？為她們，我奔波勞碌，為她們，我煞費心思，她們的衣食住行，那一件不是我的汗水心血所維持，我，何其平凡的女人，我根本不曾奢望「偉大」這個字眼。

看到我的淚，他的音調柔和了：

「天主愛祂的信徒，不論什麼地方，什麼時間——都等著她從迷失的路上回來，海倫，我常常說人的內心要比外在更美，『美』的先決條件就是『寧靜』、『平安』、『祥和』！妳是太重於感情了，所以妳更需要這些，妳該皈向天主，把全心的愛寄託在祂心裡，祂不會辜負妳，祇有天主，能使妳滿足。我說過多少次，把妳的愛託付在世人手中，妳會永遠失望。」

我這枝笨拙的筆，如何描寫他扣人心弦的言語？他的聲音，代表著神的意志，正直剛強，銳不可當，每當傾聽他說話，我便失去我自己，溶入他所說的神話境界，他往往要把我靈魂裡最精華的、隱密的一部分，提了出來，任他千錘百鍊，塑造成一枚聖潔的十字架——供他置在案頭觀賞……但是，我不是神，我是最平凡的血肉之軀。

我不能緘默了，我開始求他原諒我不肯守獨身的戒，我需要結婚。接著，我敘述了離婚以後，為生活奔走，為事業辛勞，那些抵不了孤單寂寞的痛苦，我已經不再年輕，體力漸差，一旦有病痛意外，天災人禍，都不是我自己這樣單身女人所能應付抵禦的，而且，我對於兩性的關係，持著固執的成見，唯有神聖的婚姻，才能使「性」的關係潔白無垢……說到這一點，神父疑怒地看著我：

「奇怪！妳結過婚……還敢再談性的關係……妳吃的苦不夠多？妳不厭惡這些？」說著，他憤憤的站了起來，面孔漲紅了，連連搖頭慨歎：「惡魔——魔鬼在妳心裡……」

為什麼我不能像他一樣貞靜節操，遠離情欲而守身如玉？

龔神父拿起他慣用的黑傘，戴上了他的盔形帽，轉身用憂傷的眼神凝視著我，半晌，他問：

「妳訂了婚期嗎？」

「是的，大概……年內。」我祇像餘下一口氣。

送他出大門，黑夜濃霧低垂，鄰家燈光映著泥濘的長巷，他寬寬的背影，距離我越來越遠……我追上幾步，送他出巷口，他黯然的回頭，輕聲說：

「……不要寄請帖給我，我不會參加妳的婚禮！」

就這樣，我不可避免的叛離了他——我敬愛的神的使者，直到如今，我不曾再見過龔士榮神父，而他幾度在我憂患時，予我心靈上無比的力量……他的教誨，在我有生之年，永難相忘。

這件事影響我婚前的情緒，我幾乎有犯人的心理，覺得自己罪不可赦……夜間睡夢不寧，悲觀極了。

約翰知道了這件事，他耐著性子為我解釋，開導，他說他自己的父母至今仍是信徒，他從小即在教堂唱詩班為主歌頌，在他十歲那年，一個偶然的事件，使他懷疑《聖經》上記載的故事，他否定了一切……可是，怕父母傷心，他仍然主日望彌撒，信守教規，直到他進入了康乃爾大學以後，他才正式的告訴雙親，他不再去教堂，因為他不願勉強自己做個虛偽的教徒。

「……但是，我的思想仍然如往日擇善固執……不違背自己的良知！」約翰對我所說的經歷，使我漸漸了解我一向如何愚昧的矇騙我自己，我可能是個好心的女人，卻永遠不是個好教友。宗教不能把我從現實的生活中昇華，我是凡俗的。

約翰尚未結束美新處的職務，便接受了亞洲航空公司的邀聘，擔任亞航臺南副經理之職，那是在我們幾度商榷後才決定接受的工作，為我們當時的處境，加以總經理葛蘭第對約翰的賞識，即使臺南偏處一方，似乎也值得我們停留一時。

當他離開美新處的第三天，就飛赴臺南任所，我常常笑他曾失業了兩天。

那時，我們的婚期原訂在十二月裡，但是一波三折，首先是安寄來的離婚判決書遲了數日，接著，十一月廿二日，美國總統甘迺迪不幸遇刺殞命，舉世哀慟，美使館非正式的下令國殤時期，一個月內不准有喜慶歡宴，約翰心情也受影響，於是一再延遲……。

我仍照常在「正聲」工作，星期六常會接到約翰由臺南飛來臺北，在機場打給我的電話，那時，他已不避諱的到公司陪伴我錄製節目，等著我工作完畢送我回家，大部分的親友都知道將喝我們的喜酒。

我們極不願把婚禮鋪張，尤其是我，想起熱鬧的結婚場面，先覺得膽怯，我認為那樣欣悅的一幕，應屬於年輕人所有，我和約翰已步入中年，且是二度婚禮，應該盡量省略繁文褥節，以免驚動大家，我探詢了約翰的意思，他那時已被未來的美景所沉醉，一切都以我的主意為是，拿不定有關婚禮的主張，而他又遠住臺南，不能當面磋商，祇有「限時專送」的綠衣使者日夜奔忙為我們傳遞消息。

我想要簡單請兩桌客人，去公證結婚的意見，不待約翰反對，首先被我的大弟道生「否決」了，他正色的向我說：「姊，結婚是人生大事，第二次行婚禮跟第一次意義是一樣嚴肅隆重的，妳應該讓大家參與妳的婚禮，嫁美國丈夫並不是見不得人的，何況，司馬笑有許多中國朋友，他也是在臺灣頗有聲望的美國官員，妳們的結合是不能與一般普通中美婚姻相比的啊！」

道生從小是個精靈聰明的孩子，供職臺糖公司以後，他變得十分世故幹練，幾句話便說得我啞口無言，我給約翰的信上祇好改了口氣：「……我們需要一個簡單隆重的儀式，見面仔細商量吧！」

當晚，我卻先收到他的來信，他把很多有關婚禮的事託付給臺北美新處的幾位中國朋友，一位便是張知本老先生的公子張淞生先生夫婦，還有愛蜜嚴和她的丈夫P.Y.，以及我的表嫂愛琳、表兄H.G.沈。

至今，我仍由衷的感謝他們幾位，在忙碌工作之餘，為我和約翰的婚事費了不少心思，而他們敏捷科學化的辦事效能，也使我萬分欽佩，最使我難忘的是曾任司法行政部長現任總統府資政，高壽八十有四的張知本老先生，答應為我們證婚，更把目前一般「文明結婚」的缺點錯誤加以指示，親自擬了一張婚禮儀式程序，使我們感受他的慈藹親切之外，加倍的覺得婚姻是莊嚴慎重的人生大事。

但是想不到的事情發生了，壯碩康健的張知本老先生穿了一雙新買的皮拖鞋在地板上滑了一跤，摔傷了腿骨，祇好躺在床上療傷，距我們所訂的婚期祇有十多天，真把我急壞了，望著他老人家雪白的銀髮，祥和的笑顏，我想我能有這樣一位德高望重、福壽雙全的長者證婚，該多麼欣幸。作弄人的命運，偏偏在這時候令人悵惘，同時，更擔心傷痛的影響是否嚴重，我坐在他病榻前，不安地：

「——很痛嗎？老伯，您覺得好些嗎？」

依然爽朗的笑著，氣色紅潤，沒有一絲倦容的張老先生，豪放如故的對我說：

「還好，還好……多奇怪，前幾天我還去爬山，上上下下走得那麼快也沒事，這下子滑了一跤，倒摔壞了……哈呵……妳不要擔心，我睡幾天就會好的，一定給你們證婚，誤不了的……」

「不，老伯，要緊的是您的身體，希望傷快點好起來。我們的事沒關係。」那確實是我由衷的祈望，如果我們請不到他老人家，準是我們福薄。

「妳寫信告訴司馬先生，請他放心，要是那天我走不動，就坐在輪椅上去，不必站起來說話也可以吧！」張老先生真是好心人，祇聽他這樣一句話，就夠我感謝不盡，銘記在心了，我怎敢如此勞動他老人家？若不是淞生先生和約翰私交那麼好，我何嘗敢作此奢想，而他竟是何等仁慈的老人。回到家裡，我當真誠心的為他康復祈禱過。事實上，到了我們婚期，他的傷勢尚未痊愈，便親寫一篇證詞，由民防電臺臺長錢江潮先生代為宣讀，這篇證詞，曾引起一陣波瀾，甚至有些人士認為是五十年來婚禮改革的重要文獻。

我們盼望婚禮莊嚴隆重，卻不願鋪張，選擇場所也費了不少心思，那時幾家大的觀光飯店尚未興建，幾經考慮才擇定了中國飯店七樓，菜餚比較可口，場地不太寬敞，主要的是約翰喜歡「中國」這兩個字，以及古色古香的故鄉裝飾，為了一償約翰的心願，中國飯店老闆，特許在行禮時，燃點一對大紅喜燭。

西洋風俗，再婚的女人，婚禮不准用白色披紗，我則認為西式的披紗禮服，適合少女穿著，我這樣的年紀穿了完全不是那麼回事，徒然貽笑大方，所以我堅持穿旗袍，而要白色的，白色——貞靜、莊嚴，純美……。

我的知友慎芝小姐，是臺灣電視最受觀眾喜愛的「群星會」節目製作人，她不但精通日文，熟知樂理，且對修飾方面有獨到的眼光，她伴著我跑了幾家商行，總也找不出一件最適合的衣裳，但是，她同意我穿白色，於是我自己選擇一件臺灣本地出品的錦緞，價錢很公道，並非我買不起舶來品，而是我應該選用中國自己的產物，以強調我是東方女性，我們的一切並不遜色於歐美。

我和約翰彼此有不同的工作，各自有各自的親友，寄發請帖是我們一項煞費周章的事情，更麻煩的，是我們同屬新聞事業範圍內的友人很多，必需先將雙方名單列下，予以核對，重複的加以刪去，檢熟悉深交的友人，如此一來，有很多該請的人被遺漏了，因為我們兩人都不曾顧慮週到，他在臺南，我在臺北，無從詳細查對，事後驗對，發現我們得到很多意外的禮物，竟是未收到請帖的朋友們，仍以他們的厚愛為我們祝賀的這份友情，真使我們感謝又慚愧。

當下我下定決心準備結婚期間，我的「華僑之家」節目，請熟習粵語的韓琪小姐接替，「上海時間」節目，一番周折總算請到了會說滬語的陳小姐，而面對著我心血結晶的「夜深沉」節目，我矛盾極了……。

我愛「夜深沉」，我深愛它！

它就像夏曉華先生當初授給我的一粒種子，我這園丁已經盡忠職守，辛辛苦苦的把它種下，看它長大，抽芽開花，六年來，多少個風風雨雨的季節，多少段顛顛簸簸的路程，我含淚忍受過嫉妒的冷諷熱嘲，我堅定的抵擋過曲解漫評，祇因為我深信這是一粒不平凡的種子，它終將長成卓約挺拔的枝幹，結一樹絢麗的好花……如今，花開了，老園丁卻要黯然離去。

我自信沒有辜負曉華先生的囑托，擊破了一般人認為民營電臺沒有「有深度」的節目的謬論，而且，最值得欣慰的便是由於「夜深沉」，全省各臺掀起了一陣模仿同類型節目的風潮，那一陣子，連我自己都覺驚詫，竟有那麼多低沉、憂鬱的、緩慢的聲音，在暗夜裡輕喚——即使我自己聽來也難分真假。至少，我曾把文藝、詩詞、音樂交織成一個優美的境界，使人們在世俗的欲念之中，感受淨化昇華的情感，在每個深沉的夜晚，抖落心靈上薄薄的塵土……我也需要這些。

正聲的園地裡，有好花無數……而這一朵是我培植的，它沾著我的汗水，凝著我的心血，我真捨不得放下我的鋤頭，即使老園丁已經十分勞瘁——勢必分離……。

曉華先生知道了我的意向，我們作了一次懇切的談話，他了解我的環境、我的心情，以及我幾經矛盾後的抉擇。他說：

「是的——妳應該有個歸宿，司馬情真意摯，無可置疑，但是，我不希望妳的才華被埋沒……，凡是愛護妳的人都盼望妳更有成就，司馬先生如真愛妳，應該了解妳不是個普通的女人，不讓『婚姻』兩字束縛住妳的才能……何況，我擔憂無數『夜深沉』的聽眾，幾年來依仗著妳的溫情聊慰寂寞，妳結婚的消息，等於破碎了他們的偶像，多少孤客遊子的夢境更其淒清……藍明，妳不覺得這是一件相當殘忍的事嗎？」

我何嘗不覺得這些？每夜在音波中建立的情誼，已經深深的影響了我的生活，我習慣了以會心的微笑來閱讀聽友們的來信，以輕柔的語調，傾訴我的感情，我依戀著那神奇熨帖的，屬於靈性的愛與被愛，關切與被關切……但是，我卻必需懷著難測的遲疑的步子，去探索新的人生。

「我想——不必在節目裡宣布妳的婚事！」曉華先生以總經理的身分告訴我，我無法拒絕，於是，我不得不在我的聽眾朋友面前，隱諱了這個消息，這使我很不安！

「我來娶妳！」

這個年代，新聞記者的觸角何等靈敏！他們用筆尖挑開了這個不能隱瞞的事實，在我們婚前，各報已陸續刊登了，我更沒有想到，聽眾的反應竟是充滿了善意的祝賀，恐怕，這也是出乎總經理意外的情況。

民國五十三年元月五日，是我和司馬笑結婚之日。

那一天，是匆忙的，飄忽地，不知不覺間就到了眼前，四日下午四點多，約翰才從南部趕到臺北，我永遠不會忘記他從車中拎了一個箱子下來，看見我親自在門前迎接，他臉上欣悅的表情，沒有適當的字能形容，他步履輕快，神態飛揚，祇用含著深情的目光盯著我看，那時後，他竟完全不注意到站在我身邊的璟妹，還有下女阿美，他直楞楞的衝著我走來，突然以顯得笨拙的中國話大聲的說：

「我來娶妳！」

說得大家都笑了。那一剎時，我的心弦震顫，五臟六腑都被他的「癡情」所感動，呵！莫不是前世的夙緣，讓我們來自地球兩端，卻因一旦邂逅，終生相許……。

為了我的婚禮，散居各地的弟妹都趕來一處，家中頓形熱鬧，我曾經歷過弟妹們的婚事，幫他們照料一切，可是臨到我自己，我失去往日的鎮定沉著，顯得忙亂緊張，約翰看見我如此急迫，他堅持要我安靜的休息，可是，我躺在床上閉上眼睛，心神更迷亂，我無數次要自己靜止，不要多想，可是怎麼能？我想——

明天，再度走上婚姻之窄門，是幸福還是痛苦？誰能逆料？他今天愛我之深，令我心折，他年他日，是否能愛之永恆——永恆？別想這些，天下何來「永恆」之事？這輩子怎麼總也想不透？看看他，生就這般古怪的固執，為什麼他就不懷疑我？不質問我？他為什麼有這樣堅定的信心？信賴我的愛情？為什麼他不怕我變？不怕我會背叛我們的婚姻？我抬眼看他，他正凝視我，我說：

「你想什麼？」

「我想我的福氣好，——能娶妳做妻子！」

「約翰，你坦白的說說看，我有什麼好，值得你犧牲了所有的來換取我？」我翻身下床，倚向他的身旁：「你不怕將來有一天會後悔嗎？」

他捧起我的臉，掠著我垂落的髮絲，低低的說：

「除非，除非妳不愛我，我怎麼會後悔？——所有的人，祇看到妳的外表，乖，他們祇看到妳好動、善變、外向的性情，不知道妳的心，妳的內在多寶貴、多可愛、多麼美！我親眼看見妳愛妳的孩子，為他們謀生活，妳是個勇敢的母親；我親眼看見妳對廣播工作，盡心盡力，不辭勞苦，妳是個肯負責的女人——我研究歷史，常常感到中國人的民族性能堅忍，耐勞苦，不屈降，永遠和惡環境搏鬥……這力量是來自中國的女性，多少年來，潛伏在背後，看不見的力量，是受了女性的影響，也許中國的男性很驕傲，不肯承認這些，但是，我相信是這樣的，將來，我知道能寫一篇文章談談這些理論——所以，乖，妳聽著，我不但愛妳，而且我崇拜妳，妳不知道自己的重要，妳不知道妳的生命多麼有價值！」

「啊——約翰，我從不那樣想！」

「乖，我常常覺得運氣真好，有了妳，生命就完整了！我會充滿了興趣的生活下去，我對前途更有信心，什麼都不必畏懼，甚至，我想到我若是失去了一個胳膊，斷了一條腿，祇要有妳在我身邊，我都不必擔憂，妳會照顧我，不離開我——乖，妳就是我所需要的女人，妳明白嗎？」

我迷離的想著他的話，真怪，約翰也把我想成一株風雨中的孤松……事實上，他不知道，我多麼渴望自己變成一朵暖室裡的水仙，要體貼、溫存，和善意的照顧！

他深情地看著我，含笑地說：

「妳值得我犧牲一切來換取……因為我太愛妳，可是，從我認識妳到現在——直到現在，乖，明天就是我們結婚的日子，我還聽不到妳說一句話！」

「什麼話？」

「妳從來也沒有說過——妳應該說的——」

「啊……約翰，你……」

「難道妳一輩子都不讓我聽見嗎？妳心裡已經說了多少遍的，不能說一句嗎？」

「我愛你，約翰，愛你，很愛你。」我撲在他懷裡，淚水禁不住的潤濕了我的眼睛。

我怕說這句話最普遍、最平凡、最容易脫口而出的三個字：「我愛你！」因為我從不把感情的嬉戲和我內心對「真愛」的感情混淆在一起，這一點奇異的分野，常使我自覺退到老祖母時代，但是，我堅信不是低智下愚的人類，應該不難體味「愛」與「情」的微妙界限，那深醞在心底，不可企及，不可侵犯，潔白如神聖，寶貴如奇珍，不能施捨，祇宜奉獻的——「愛」，我豈肯輕易說出來？

我佩服約翰的耐性，他早已發覺我對他的情感，而我不肯面對現實，他不怨不惱，靜靜的等待，因為他明白他的等待會得到何等的代價。

多雨的季節，臺北天色常陰鬱。

元月五日，隱約的陽光，從薄雲輕霧間透出光亮，我祈望著，別下雨，老天爺，這是我結婚的日子！

一如所有婚禮中緊張的主角那樣，我是微微的昏暈、迷糊、忙亂……鎂光燈在我們四週閃爍，玫瑰花在我們眼前滿處開放，紅色、金色，五彩繽紛的圍繞著，多像在小女兒的夢中……但我已三十八歲，他是四十二歲，中年了！

約翰，狀似鎮靜，而我知道他已經十分緊張，我們想不到會有那麼多記者先生光臨，更想不到賀客比我們預計的超出太多，小小的中國飯店，真箇有人滿之患。

六時正，我們步入禮堂，踏著紅氈，走向紅燭高燒的香案前立定，然後——仁慈的何應欽將軍，做了我的主婚人，我望著風采依舊的他，心裡多少次低喚著，都是您呵！一趟便車，把我帶入幻境，改變了我的一切……。

約翰的雙親遠在故鄉，由民航公司總經理葛蘭第做了他的主婚人，約翰的好友史密斯先生，他的中國名字是「施豁德」，他和我的上司夏曉華先生，分別擔任了男女雙方的介紹人，夏先生的一篇講詞生動而有意義，我至今保留錄音帶，以作紀念，而我們的證婚人，德高望重的張知本先生腿傷未癒，由錢江潮先生代為朗讀他的證詞，最後，連震東部長以來賓的身分致賀詞，這一項是臨時加入的，事後，我和約翰都感謝連部長深厚的友誼，給我們的婚禮添上了不少光彩，我更不會忘記請來李寶淦先生擔任司儀，熱心冰面的寶淦兄，以他亮若洪鐘的嗓音，留給我深刻的印象，使我多年來同事的懷念裡，又多一重親切的回憶，最美的珍珠，藏在海的深處，不使微波蕩漾……友情也一樣。

讓我引用元月六日臺北報上所刊載的，有關我們婚禮消息中的一段：

「……這一對中美璧人的婚禮儀式，是古今中外前所未有的，是我國法學界權威，黨國元老張知本資政所擬定，這個在全世界也算是第一次舉行的結婚儀式，引起了我國主管禮制的內政部長的興趣，將採作擬訂我國標準的結婚儀式的參考……這個結婚儀式，無論是情調、氣氛上，甚至音樂上，都充分洋溢著『中國的』味道，喜氣洋洋，花團錦簇，既簡單，又隆重。」

那兩句話，正是我所企盼的「簡單而隆重」。喜筵過後，我把玫瑰花持贈給每位賓客一朵，表示我內心一點玫瑰的芳醇的謝意和祝福，花朵容易凋謝，我心靈上的美意不會消散……。

送走了最後一批親友，夜正深沉——

圍繞在玫瑰叢中，我們倦眼相望，是歡喜？是感歎？沒有一個字能形容，沒有一句話能表示，三年零兩個多月的掙扎奮鬥，期望忍耐，……祇為著爭取這一刻相對無語時的「寧靜」啊！

經過一整天勞頓，我們實在都困乏已極，拉開了窗帘，窗外燈火明滅，臺北市的一角已隨著晚風冷落了……。

我們相倚在沙發上，遙望天邊浮雲過處，疏星幾點……彼此心頭堵塞著難描述的感情，約翰輕撫著我的頭髮，在我耳邊細語：「我的愛人，妳睏了嗎？」

「不，不那麼睏！」

「妳閉上眼睛想什麼？」

「我想父親和母親在世的話，該多好！我真想告訴他們——」我遲疑一下：「約翰，我不知道怎麼說……」

「說什麼？」

「我嫁了一個美國丈夫！」

（二）

「臺副」給了我一個多月時間，占去了不少寶貴篇幅，寫下我個人的一些回憶，得使我重溫舊日的夢境，是值得我感謝的，前文寫到了主題，覺得應該「到此為止」了，正準備擲筆一身輕，鬆快的過我懶散的日子，卻不料從臺南來臺北，享了幾天「清閑」的福，又復坐在深宵靜夜的桌燈下，提起了我這「笨拙」的筆，接著再寫……。

我不敢說我的文章是被「逼」出來的，至少我應該承認我需要「鼓舞」，平心而論，我的好友們對我殷殷督促，時時勉勵，不讓我遲緩的步子，越走越慢，多少次幾乎停滯不前，若無他們一片熱忱善意，再三催促，我是絕不可能再寫下去的，我自覺在這方面，既無才能，又乏信心，何況，有很多朋友認為我寫得太過分的「真」了，失卻曲折新奇之感，有的寫信問我，何不加油添醋，使全文更引人入目？我想，這就是我的「笨拙」之處，很難「無中生有」，正如我在全文開始時所說，願以「真實」來彌補我拙劣的文筆。

幸而，我得到了一些友情的鼓勵，首先是曉華先生給我的信上，有一句令我安慰的話語：

「……妳這篇文章很『真』，這證明了妳是個至性人……」

另一位自稱是「夜深沉」忠實聽友的先生說：

「妳的故事很令我感動，我覺得該把題名改作『一萬個春天』，豈不更好？」

張知本老先生為了看這篇文章特意訂了一份《臺灣日報》，每日必讀，有一次問他的公子：

「……這些都是真的事實嗎？教人看了心裡怪難受的……」

一位同事對我說：

「想不到妳會寫『長篇小說』，妳該多寫，不要荒廢妳的筆！」

如果說愛寫作的人都有些自我陶醉的毛病，我便似乎已感微醺了，……我不祇一千次的自問能寫嗎？能寫嗎？而且我必須依賴那許多溢美的言論，才敢重握起顫危危的筆來。

「我嫁了一個美國丈夫」。

這是個頗為狂妄的題目，太通俗，又嫌粗野，因此才使我那麼躊躇，我盼望在過去一月來看過它的讀者，會從那「真實」的敘述裡，體會到這是一篇尚稱典雅的作品，內容並不似題意那樣凡庸，這真是我衷心的盼望。

在我同意續寫這篇文章的時候，我和約翰已經結婚十個多月，離結婚週年紀念日也不遠了，做了將近一年的美國人的中國妻子，我仍有著繁雜的情緒，我要寫的，將是我內心隱密的聲音，以女性纖柔的感應，寫這玄妙的人生……。

把時間重回到我和約翰的新婚之夜——

多麼難以置信，我嫁了一個美國丈夫！那是事實，如今，我是他的妻子，不可不信的事實。

我看見他從浴室出來，穿著寬大的睡袍，展露著微笑，使我那麼清楚的看到他棕色的髮、白種人的皮色，和他那一雙深亮、褐黃的眼睛，濃睫如夏日的綠蔭。

他投給我含情笑意，拉上了窗幔，走到我的床前，凝望著我的臉，我不知道他想什麼，但是，我了解那眼光裡所包括的滿足、欣悅，和最深切的情愫……他喃喃地……

「我的妻子……妳就是我的妻子，我的生命！」他擁抱著我，以更輕柔的吻親我，使我蜷伏在他臂彎裡，像隻溫馴的貓。

我們緊緊的相依，彼此都感到性靈淨化……如浮起的白雲，飄忽忽地……祇是情意綿綿。

「你睏極了，乖，我讓妳安靜的睡覺，今夜，雖然是——我還是不忍心鬧妳……妳睡吧！」他幫我整好了毯子，熄了床頭燈光，回到他的床上。

我真的太累了，頭暈眩、眼昏花，活像一隻冬日近爐取暖的倦貓，祇需要酣睡、沉睡，別無其他。我睡眼惺忪的向他說：

「約翰！原諒我，我是睏了，必須睡……」

他溫柔的回答我：「別說話，睡吧！」

我以為立刻能睡去，閉上眼睛，心靈卻醒了起來，反覆地想著，他可能是世上最有耐性的丈夫，如此體貼我……不！難到他不是那樣需要我嗎？他不喜歡我的胴體？他不狂熱的……為什麼？世界上那有這樣克制自己的男人？是我不夠吸引他……？我反側了幾次，心裡很不舒服，倦極卻無眠。

我聽見他也在翻身、輾轉……他竟也睡不熟。

「約翰，你還沒睡嗎？」

「……我試過，好像睡不著，妳呢？」

「我也是——」我突然覺得很羞澀，不該這樣答話，他會誤會我的意思麼？那多難為情！

「乖，我知道我們為什麼睡不著……」他跳起身來，開亮了燈，我迷惘地，覺得雙頰飛紅，欲語還休……想不到，他坐在我床邊，大聲地：

「我肚子餓極了！」

這句話，把我逗樂了，我笑得眼淚都快出來，卻也感到腹內空空，飢腸轆轆，忍住了笑，我說：

「我也餓極了，剛才根本沒吃東西！」

約翰拿起話筒，要櫃臺的服務生送一些西點麵包來，不料對方回答說：

「對不起，現在時間太晚，飯店沒有東西吃了！」

看看錶，已經快一點半了，約翰是真的很餓，他不肯罷休地對著話筒：「請你想辦法，我們餓了！」

「……司馬先生，你會吃臺灣麵嗎？」那個值班的人問他：「我到外面去叫來您嚐嚐。」

十分鐘以後，兩碗熱騰騰的臺灣麵端了上來，約翰付了錢，我也披衣起身。

我們大口的吞著麵條，覺得那是天下的美味。

麵吃完，我笑著對約翰說：

「誰想得到你剛才付了幾萬元喜筵酒席錢，此刻卻在這裡吃拾元兩碗的臺灣麵才能不餓死？」

聽了這話，他也大笑起來，高興地：「乖，妳不覺得這是最特別的新婚之夜嗎？」是的，這果然是個「特別」的新婚之夜，在那樣熱情的愛撫、親吻之下，他仍能克制了自己進一步的要求，不忍看我倦乏欲睡的樣子，把我抱上床，讓我靜靜的躺下，要我好好安睡……。

一碗熱麵條充實了我的胃，我的精神全部鬆弛了，望著他柔情似水的眼神，我覺得每一顆細胞都溫暖舒適，如沐浴在冬季的陽光下……眼前，浮泛起晨霧似的氤氳，我輕聲向隔床的約翰低語著：「晚安！我的丈夫。」

他側身伸手過來，摸摸我的臉頰：

「晚安，我的妻，我的愛人，好好睡！願我們在香港有最愉快的蜜月。」

我立即入睡了，如果有天使路過，祂將停駐片刻，為我心靈上無比的寧靜，為我臉上一抹嬰兒似的安詳。那是我生命中稀有的一刻呵……。

五十三年元月六日飛往香港的民航班機上，坐著瞑目沉思的我，和我身畔安靜的美國丈夫，他慣常那樣無聲息的，翻閱一本書報或雜誌，手裡總是一枝 Pall Mall 煙，一杯黑咖啡。

我似乎睡去，其實，我清醒著；我的習慣則是「沉思」，尤其正在飛行旅途，我往往一言不發，祇是閉上眼睛，讓思想的野馬各處馳騁……我不像一般飛機乘客那樣喜歡從窗口俯視陸地或海洋，即或是琉璃樣明藍的太空、變幻的雲層，我都視若無睹，可能，我心靈的宇宙，比現實更瑰麗、更浩瀚遼闊……。

那時，我想著昨夜，多麼令人難以置信的一夜，使我不無怏怏之感。

「妳是水銀，我是石頭！」

我能更深一分了解他的性格麼？是的，我必需完全了解他，如今，他是我的丈夫了。我們將有漫長的歲月共同消磨，在人生的旅途上，喜怒哀樂的感受，生老病死的波折，都與我休戚相關……若是十分冷靜的分析他，我太容易發現我們性格方面的差異，我像一團隨時能爆炸的火花，而他則如堅韌有彈力的橡膠，凡是他的意欲，總是隨心控制，展屈自如，他的理智如此強烈，甚至近似冷漠、刻板，令我想起他的祖先——來自德國的倨傲、倔強，來自中國的容忍、含蓄，現代美國卻給了他彬彬有禮的文明氣質。

他愛我，也可能真有些懂得我，因為每當我自己內心交戰矛盾，他總會說：

「妳是水銀，我是石頭！」

事實上，我並非永遠水銀般游移多變化，他倒是經常穩如磐石，也不免偶爾木木如頑石。

在香港，我們住在希爾頓酒店十樓，當夜色降臨，窗外能鳥瞰香港一角的夜色，海波燈影，遠帆舟楫，起落的屋宇高樓，是一幅很美的天然圖畫。晚餐時，我們到最高層第二十五樓一家名叫老鷹窠夜總會，要了香檳，點了我們各自喜好的菜餚，愉快的消磨了一個晚上，並且合照了幾張相片，留作紀念。

香港是我的舊遊之地，郊外風光雖美，市面百貨雖多，卻不是我的喜好，約翰也是怕勞動的，於是我們僅在希爾頓酒店各樓不同的去處消磨。一天中午，在電梯轉角處，突然碰見了在港度假的臺北美新處長斐恩和他的夫人，他們也感驚訝，雖然他曾反對約翰的離婚，他仍客氣的與我寒暄。當日黃昏，他打電話來請我們到他們的房間喝杯酒，我們應約前往，作了一次禮貌的社交談話，待約翰喝完了兩杯才辭出，以我中國女人的心眼兒來看，這真算得上是「冤家路窄」，人生何處不相逢！

幾天來，我們不願離開希爾頓酒店，香港美新處的朋友們，都陸續來酒店看我們，美使館有幾位約翰的好友，也在希爾頓宴請我們，偶爾開車出去兜兜風，看看香江夜景，吃吃宵夜，時間很快飛逝，我們的好友梁寒操夫人黎劍紅女士，特意在百忙中陪我們去吃了一次生蠔，嚐了一碗蛇羹，再想多幾次見面，一星期已經過去，為了約翰的工作，我們必需趕回臺灣了。

短短的所謂「蜜月」，除了留在我們心頭的記憶之外，許多美麗的鏡頭，都保留在約翰的攝影機裡，如今，我們常常放映出來，回味當時的情景。

約翰也像一般的美國人那樣，不免有自己的「嗜好」，過去他僅僅是讀書樂，而今迷上了拍攝電影，婚前他買了一具攝影機，配合了八米釐的放映機、小螢幕，空閒時便有了排遣時間的玩意兒，他對這方面的技巧尚不差，雖然以他四十二歲的中年初學攝影說來，似乎遲些，總算不當專門職業，這個「嗜好」給我們的生活平添了不少情趣。

不論是那一個種族的人，好像都有來自先天的僥倖心理，以及一種激狂的欲念，化作了無數人沉溺其中的「賭博」，當我初識約翰，我以為他可能也熱衷這些，有一次我們去中山北路軍官俱樂部午餐，餐畢付了錢，僕歐找回一毛美金的零頭，約翰對我說要不要試試「吃角子老虎」，我搖頭不想去，而他卻很有興趣的說：

「我二十多年不曾玩過，今天我想賭賭我的運氣好不好？正巧有一毛錢零頭，來，我們試試！」

「吃角子老虎」排列在一旁，每一架面前都有人在玩著，約翰和我走近了，恰好一位金髮少婦換了另一架，我們就走上前，約翰說：「妳丟錢進去，我來扳！」

我照著他的意思，把一枚錢幣投入，祇聽見一聲扳動機柄的聲響，咔嗒裡面的錢幣全部！嘩！統統落了下來。

我和約翰都楞住了。一次，僅僅一次就得了個全彩。

隔駕機器的美國朋友，都來道喜，約翰把管事的人找來計算一下，嚇！一共四十四元八角美金。

約翰說那是我的運氣好，把錢給我買件禮物，他倒便宜，一毛美金就做了個順水人情，想不到換來我一臉不悅，很不自在，因為我生怕又遇見一個嗜賭的男人。

他並沒有讓我失望，他告訴我，他不愛賭，厭惡長坐在賭檯上的人物，因此我們的生活裡，賭博的魔影總是黯然無光的。

摒絕了賭博，約翰得到下象棋的樂趣，首先他常輸，沒多久棋藝大進，我不小心就會輸給他，也可能怪我的棋術太差。

臺南是個保守的城市，多風沙的大晴天，會讓我們想起故都北平……尤其冬季，溫暖乾燥，不似北部整天陰雨綿綿。

我們的家座落在公園以北，深入巷底的一所小樓房，它的優點是遠離鬧市和機場，能少聽一些震耳欲聾的噴氣機的吼聲，同時，我們都愛著園子裡一棵高大的鳳凰木，夏日來臨，它會開滿了鮮紅似火的鳳凰花，襯著綠蔭蔭的葉子，遮住大半部樓前陽臺上的窗欄，常使我想起一首小詩……。

在北部住久了的我，第一次接近這種可愛的樹木，高興極了，每天晚上，深宵人靜，我在書房閉緊了門戶，開始做「夜深沉」的錄音，我不知道說了多少詞句讚美這棵樹，當時聽到那些廣播的朋友，一定也會愛上了它，如今，花已凋謝，枝上結滿纍纍的果實，亭亭的枝幹，幼幼的葉枒，我們預知明年春來的時候，將有更茂盛的紅花怒放。

來到臺南，我們曾宴請了這裡的親友，但是，我依然感到陌生疏遠，除了夜晚不曾間斷我的「夜深沉」的節目之外我完全改變了以往的生活方式，可以說足不出戶，祇是依仗著家裡訂閱的四份報紙、一份雜誌來知道天下事，一向活動慣了的我，突然靜止，漸漸胖起來，正在為自己的體態發愁，約翰卻幫助我瘦下來——他病倒了。

他的病來勢兇猛，寒熱大作，高燒又戰慄，把我唬住了。亞航公司的主任醫師馬大夫每天來診治，起先狀似感冒，第五天才驗出是黃疸病，肝臟略腫，立刻送進了臺南比較可靠的天主教崇愛醫院。

無論什麼人，病中就像個無助的小孩子，約翰也不例外，他軟弱地聽任我們擺布，幸而他的忍耐力特強，多麼痛苦從不呻吟，反倒時時請我不要急。但是，從他眼光裡，我看出他是何等的需要我，依賴我，我便是他眼前唯一的親人了。望著他蒼黃的面色，一陣酸楚……我忍住了淚，不斷安慰他靜養，我會在他身邊。他的熱度漸漸退卻，衰弱疲乏，不能不整天滴入藥物來維持體力，那樣子，就像個被病魔久困的人，我不免有點心慌，也就憂形於色，坐立不安。約翰大概知道我的恐懼，反而安慰我說：

「妳別急，我就會好——過幾天搬回去休養。」

「大夫說可以回去嗎？」

「不再發燒就好，我不要妳累，每天跑到醫院來，深夜回去多冷，妳最怕冷……」

「不，約翰，我不怕冷，也不累，祇要你不生病就好。」

「想不到——乖，我對不起妳，結婚剛剛半個月，就要妳服侍我的病……」

說到這句話，正是觸人傷感處，一剎時，我如走入黃昏的曠野，四顧茫茫，無邊無際，說不盡多少孤寂淒涼；我想起自己許多日子來冀望一個溫暖的家庭，一個勇敢的丈夫，照應我，保護我，疼愛我……而今，我仍然需要獨自站立起來，要堅強勇毅地不使自己倒下去，更不能不鼓其餘勇來扶持別人，我怨自己的命運，難道我這一生挫折磨難還不夠深重嗎？

我握緊約翰的手，請他不許再想這些，很明顯的，他的病雖屬細菌感染，也因為長久積累下來的疲勞，自從我們相識，他何嘗有過一天好日子？要應付工作的變動，要承受心靈上的波濤，婚事瑣碎的事務，加上喝多了情面難卻的酒，肝臟受損傷……等到一切安定，精神由緊張到放鬆，病情卻藉此囂張了。

果然，約翰住了一星期醫院，就被允許回家調養，大夫說：「不能吃任何有脂肪的食物，也不宜太鹹。」

多少年來，我是個職業婦女，很少顧及廚房家事，大夫一再叮囑要注意病人飲食，我怎能放心倚賴傭人？於是，我穿起圍裙，下廚作羹湯，恢復女人本色。開始時，生疏得很，手忙腳亂，幾乎不成樣子，也許，烹飪本是女性的特長熟能生巧，漸漸已不感困難。可是，約翰在病中，不能吃油膩，不許沾脂肪，每天，我一心一意想著各式的烹調法，來調製一隻強壯但不肥膩的母雞。

按照他自幼在美國的習慣，他不吃雞頭和翅，如今更要剝去雞皮，連同剔除皮下的脂肪，一隻沒有皮的雞祇賸下中間一段白肉可用，既不能放油煎炒，又不能加其他佐料，除了放些冬菇、火腿慢燉之外，祇有用約翰當年從昆明帶出來的一祇雲南汽鍋，蒸一碗好湯，雞肉雖爛，乾澀難下嚥，真虧得他的耐性，每天如此，持續了整整一個多月，從不曾聽他抱怨過，而且，開飯上菜，他總是不厭其煩的向我稱謝，還說：「真好吃！」

在病中，約翰所表現的性格，是意外的柔順、安詳，他始終默默的忍受病苦煎熬，不肯多呻吟一聲，以增添我的煩憂，同時，經常向我表示他的歉意，希望緩和我焦灼的心情。

來到臺南，我的確像是一隻困在籠中的鳥，寂寞又惆悵的回想著海闊天空，任我翺翔的日子……。

我厭惡南市骯髒破損的街道，厭惡雜亂無章的交通秩序，鄰近公路日夜往來的各式車輛，使灰塵飛揚，菜場裡到處是喧囂污濁，無以復加，我厭惡那些不中不西，簡陋粗劣的建築物，保守得近乎落伍的市容……但是，我又矛盾地愛上這四季常晴朗的天色，溫暖如春的冬日，和家中難覓的寧靜，在我家小小的庭院裡，終日蜷伏著一隻暹羅貓，兩隻老虎貓，像我一樣貪戀滿園子燦爛的陽光……。

我長久以來所渴望、所期待的婚姻生活，除了短暫的「蜜月」，便是以焦慮煩惱來應付纏繞著約翰的病魔，這是我萬萬料想不到的，也許，上帝覺得我仍需要經過一番精神上的折磨，以考驗我對愛情的毅力和信心，才使我苦苦的支撐了一個半月。看著他日漸康復，氣色也紅潤起來。

這一病，使約翰停止了他多年來的習慣，每頓飯前的馬蒂尼酒被摒絕了。大夫禁止他半年內飲酒，他自己似乎也不敢輕易嘗試，於是，家中的酒櫥被落了鎖。

婚前的戀人，往往在幻境中夢想，結婚以後，才切實地迎上現實生活的甜酸苦辣，我和約翰相識相戀，三年多時日，聚少離多，彼此都有各自的生活習慣，何況我們國籍不同，喜惡可能更有衝突，我暗自忐忑了很久，直到約翰病癒，開始正常的日子，才算把一顆久懸的心放落，因為他確實是被我們同化了，簡直除了外貌，飲食、起居，沒有一樣不是中國的、東方的。

我們客廳的布置，純粹如一般中國人家，壁間掛著張大千和黃君璧贈送的畫軸，壁架格子上，是一些約翰保存了很久的「古董」，和我們婚禮時收到的小擺飾，八匹姿態不同的白馬，擺出悠閒的形式，我最欣賞的，則是羅學廉夫婦贈送的一對象牙酒杯，雕刻著蠅頭小楷，纖細秀媚，令人愛不釋手。另外我所喜愛的，便是魏景蒙先生所贈的兩個仿古的唐朝仕女，以我的判斷，該是專門研究敦煌藝術的羅寄梅先生的作品，用色、雕塑，都孕育著盎然古意，很是雅緻。

樓上書房裡，有梁寒操的橫幅、藍蔭鼎的水彩、葉醉白的馬，還有魏景蒙兩年前書賀約翰生辰的小字幅。吉米魏的字體很瀟灑，他自撰的詞句更簡潔，他寫著：

「笑為人類的獨能，笑是慈祥，笑是智慧，笑才有寬大的胸襟。有慈祥，有智慧，又有寬大的胸襟才能壽。故曰：笑者壽。書此為司馬笑同學祝嘏」

提起吉米魏與約翰的友情，始於他們在新聞工作的崗位上，而且兩人先後是燕京大學的校友，我認識吉米多年了，比較熟稔起來，則是由於約翰的關係，這個事實很多朋友並不明瞭，因此有一度，我們大家都被傳言所擾。

事實是這樣的，當約翰與我相識不久，他自覺以他的處境很不方便約會我，也顧慮我若是拒絕他邀約，會失了面子，於是他轉請吉米助他一臂，如逢有關社交宴請時，總不忘把我的名字帶上，以吉米在廣播界的地位聲望，我就不便推辭，必須應邀前往，很多次在席間，我和約翰得有片刻晤談的機會，都是吉米所賜，日後，約翰決定與前妻離異，也曾最先與吉米磋商，由於彼此間無話不談，便成了很知己的朋友。空暇時，我也常有機會和魏氏夫婦見面，所以心中並無芥蒂，直到有一次，夏總經理突然問我：

「聽說妳和魏總經理常見面？」

「是呵！有時在一起談談說說！他真是個風趣的人。」

「……剛才我去開會，幾個新聞記者問我，是不是你們公司的藍明小姐要和魏景蒙結婚了？我連忙替妳聲明絕無此事，……」

天！這樣無稽的流言，使我心裡難受萬分，深夜捫心自問，為什麼會形成這一類流言呢？不外有幾種原因：第一、吉米魏是臺灣知名之士，瀟脫豪放，不拘小節，有時候興致好時，談笑風生，口沒遮攔……況且，像他這樣的人物，多少免不了有些名士風流的美譽，容易遭人揣測；第二、那一段時期，受約翰之託，他對我存了些責任感，我們見面的機會比較多，善意的關注、照拂，在所難免，例如那年的大颱風，徹夜狂風雨暴，到處漏屋碎瓦，我獨自驚惶地守到天明，第一位趕來探視的，便是吉米，見我平安無事，他才放心去其他友人處探訪，這份盛情，我常記得；第三種原因則是我本身的問題，我的工作活動範圍太廣，記者圈、廣播界都是製造「新聞」、傳播「新聞」之地，我又是單身的女人，自然而然成為談論的對象，在我說來，已不足為奇了。

約翰與我都喜歡吉米，喜歡他永遠朝氣蓬勃、精神奕奕，喜歡他熱誠真摯、坦率爽朗，我則更敬佩他學貫中西，不僅是英文棒、國學底子厚、寫得一手瀟脫字體，他還對古今各種「藝術」與「美學」有特強的欣賞力。因此，當他卸下世俗的面具，願意靜止片刻的話，我們不難發現他性格中靜穆的一面，他的智慧、才幹，都因他平日過份不羈的習性，顯得浮華不定，實則他靈敏過人、秀逸不凡的一顆慧心，也不免因紅塵濁世的憂煩，有些兒寂寞……但是，這樣的感覺總是輕輕掠過，如天空一朵雲影，祇一剎時，他的生命又充滿著響亮的歡笑、豪情奔放，多采多姿……。

我常說，吉米是個特殊的典型、一個不俗的人、一匹不可降服的駿馬、一株難以名目的孤樹。

我不能不欽服他的夫人，要有何等的柔順、諒解和愛情，來與這樣不凡的伴侶相廝守。當我們認識她越久，我們明白她是以豁達、開朗的情懷，靜靜的與他相處。

謠傳畢竟是經不住事實的考驗，約翰與我已結成夫婦，至今我們仍熱愛著吉米，因為他不但是我們共同的好友，且由於他的協助，使我們減輕婚前的障礙，如果他看到這篇文章裡所寫的，有關於他的坦率的印象，他會淡然一笑置之，也許可能大聲咆哮一頓，而三分鐘過去，他便會忘懷了一切，即使見到我，他也會記不起這麼回事了，這就是他達觀、輕鬆、充滿著生趣的、出色的人物。

人世的禍福得失，沒有一件得以預料，也無從衡量其價值，我和約翰婚前波折重重，婚後又困於病榻，卻因此換得兩心相照，彌久彌堅，等到他完全康復，我們之間，似乎已在無意中建立了更深的愛意，那不是一時的狂熱，而是經過提煉的，感情的精華，很成熟，很圓潤，好像彼此至今才真正互屬於對方，才真正成為一把剪刀的各一半，不可須臾的分離了。

約翰所安排的日子，是井然有序的，他在固定的時間內，由鬧鐘按時喚醒，沐浴、整裝，用早餐時，也是他每天閱讀中文報紙的時間，他的早點，橙汁、牛奶、咖啡、麵包和雞蛋，是一天內唯一比較西式的餐點，中午和晚上，他完全喜歡中菜，他嗜食海鮮，也愛吃北方的麵食，甚至蔥、蒜、韮、薑，樣樣都能下嚥。關於「吃」，應該是他最大的樂趣，幸而他自己的確懂得如何「吃」，上館子點菜，他比我內行，不論中國那省的名菜，他都能朗朗上口，點出來的菜碼，別人不會相信是出自一個美國人之手。因此，苦了我這從來不下廚房的女人，往往清晨醒來，第一件事便是想想該買什麼菜？冰箱裡還剩什麼可吃的？他會有興趣的那些菜？蹄膀太膩，腰花太難炒，鰱魚刺太多，雞鴨吃厭了……自己祇是嘀咕，實際上，不管什麼菜，那怕是手藝太差的，他也都安之若素把飯高高興興的吃完，絕不抱怨一句。

中午，他開車回來，需要十五分鐘路程，餐畢，喝一杯咖啡，陪我談談家常，立刻又要趕去公司上班，我不忍見他來去匆忙，屢次說：

「來回要半小時路程，——約翰，何不在俱樂部吃午飯？省得你急急忙忙的趕。」

「我要回家吃午飯，不管多急多忙，我不願意一整天看不見你。」

他說的不錯，中午短短的相晤，對我們竟如此重要，有時他開臨時會議，不能回來午飯，我和孩子就感到若有所失，一頓飯吃得索然乏味，再好的菜餚也不覺可口了，而當天的晚飯前，他必然會嚷著肚子好餓，在外面吃午飯真不對胃口。

晚餐後，該屬於我們家庭最愉悅相處的時光，兩個女兒可以休息片刻，五年級的端兒暫時放下她繁重的功課，和一年級的竑兒一起鬆散一下，聽聽音樂，吃吃水果或冰淇淋。這時，三隻貓不免乘機從門外擠了進來，在女主人跟前撒嬌一番，可惜約翰對貓犬都有過敏症，肥大的暹羅貓最愛偎依在他胸前，結果總是噴嚏連天，涕淚交流。因此他是家中唯一「保守派」的愛貓者，我和女兒們則是「狂想派」的，把每一種動物都一視同仁，端兒甚至愛貓成僻，她把一隻從臺北帶來的大黃貓喚作：「世界上最美麗的公主！」

約翰愛我的孩子，一如己出，這次去美國，看見他自己的女兒又高又壯，回臺南來，下決心要把我的兩個小女兒養胖些，親自管理她們每一頓除正餐外，還要喝一大杯牛奶，不許間斷，實則這兩個小孩並不算瘦小，祇是比不得美國環境裡長大的孩子們，而且臺灣的學生，智力與體力往往不能平均發展，那繁忙的作業，整天的課程，已經把孩子的精力消耗盡了，不病倒已經算是幸運的，想起許多環境較差的小學生，除了不良的營養外，再加上沉重的功課，真是於心何忍？約翰常談起這個問題，他最恨「惡補」，有一次他寫信給父母，提及端兒早出晚歸，補習到天黑才回家，他們兩老覆信時，大為心疼這個「外國孫女」，頻呼可憐的孩子，快回美國來讀書吧！實在，美國是兒童的樂園，而我卻願我的孩子們應該先把祖國的文化學習到相當的程度，將來才能更進一步認清自己，理解別人，我們畢竟是黑睛烏髮黃帝子孫，絕不能忘其根本。

我曾有一度擔憂過，不知約翰可否與孩子們相融洽？我愛孩子，我也愛約翰，泛泛的空談不足為憑，朝夕相共，生活在一起才能真正表現出真象。時間越長久，我便不再感到憂慮，因為約翰善待她們，關切愛護，無微不至，有時，我過分的嚴厲呵責，他竟設法為孩子解說。但是，他教導的方法十分嚴謹，言出必行，對孩子也一樣守信用，絕不輕諾，養成了孩子對他的威信，他所訂立的「家規」，例如：早晚必按時作息、歸家必親吻問好、吃飯時小貓不許入內等等……孩子們都信守不誤。這些是我自歎不如的。

但是，有一件事約翰引為遺憾，便是他計畫教我們習慣說英文，他規定了每天中午吃飯的一小時內，全家要用英語交談。開始時，他教孩子們說各種菜名，教她們說簡單的見面禮節，有些英語發音很古怪，孩子們說來更失真，往往引起哄堂大笑，我更是笑不可仰。於是，這個計畫維持不到幾天，就宣告瓦解。提起這件事，約翰總是怪我不肯合作，我則請他等孩子們長大些再教吧！

孩子們九點半以前，一定得熄燈就寢，這時，夜色漸濃，四野寂寥，我最愛在這樣寧靜的夜裡看書或是整理東西，約翰則多半選擇靜夜回覆親友們的信件，當打字機清脆的鍵子起落聲，劃破了靜默的氛圍，我知道煙缸裡的煙蒂必然堆積起來。

提起了吸煙，可以算是我對約翰最大的憂慮，積廿多年經驗，專一不變的固定抽一種牌子，每天兩包的紀錄，不能不令我煩惱，我不錯過任何機會婉轉勸告，仍難使他動搖，有一次，我幾乎成功了，他答允我試試某種很流行的戒煙藥片，如果我一定要他做，他就不反抗。

我急忙出去買了藥片，請他服用，我說：

「約翰，就算為了我，請你戒了它吧！」

他接過藥瓶，看了仿單，躊躇了許久，乞憐似的問我：

「乖，我祇能答應妳試試，我知道自己還沒有決心戒煙，我願意試試——」

第二天清晨起來，用罷早點，他果然不帶煙，並按照仿單說明，含了兩片藥在口中，就上班去了，我滿心歡喜，以為他從此可以戒絕了煙癮，豈知中午時分，他開車回家，走進門，青灰灰的臉色，兩眼無神，困乏憔悴的向我叫道：

「不行，不行，我什麼事都辦不了啦！我還不到戒煙的時候吧！乖，這藥片真難受，好像病了一樣，一點兒精神都沒有，差不多不能工作了！」

我望著他，是的，他的煙癮太深了，我不該這樣逼迫他，於是，我退而求其次：

「停止吧！約翰，也許這種藥太厲害，等以後再想辦法，如果你能少吸一點，煙戒不戒都無所謂！」

從那時開始，我知道他竟也有不能克制的事情，但是，他的確減少了煙枝，從每日兩包減至一包半，如今，我正等待他再減少到一包以內，若能如此，我倒並不厭惡這個生活習慣，人生在世，不免有所好，在不影響健康原則下，我喜歡懂得吸煙的男子，煙霧微渺的時刻，有深思熟慮的美。

現在一切都不安定

經過這次失敗，使我進一步了解他，除非他自己願意，很難變更他的決定，而我卻做不到這些，例如在我們結婚前，我曾向他表示，即使結了婚，我也不願喪失國籍，當時，我千真萬確的告訴他：

「我永遠是中國人，即使嫁給你，我也不入美國籍。」

「妳嫁給我，應該隨丈夫的國籍吧？」他試著說服我：「這有什麼關係？很多中國人願意入美國籍。」

「不！我絕不！我是以中國人為榮的，要我改國籍，我寧可不結婚。」我又加重語氣說：「如果你愛我，你為什麼不肯入中國籍？」

他被我難住了，思索了片刻，才認真的回答我：

「我真願意做中國人，假如世局不是如此混亂，假如我不知道美國有許多優點，我當然肯入中國籍。現在一切都不安定，我不能不想得更遠些。」

「你不要勸我，約翰，這是不可能的。」

他立即沉默了，直到我們婚後不久，他才陸陸續續搬出各種理論來說服我，我的

「成見」不久就軟化了，我承認我是他的妻子，我們同屬一個家庭，應有相同的觀點來促使我們的婚姻更融洽、更美滿，何必堅持己見而影響感情？同時，我以為入美籍必須在美國居住兩年以上時間，我身在臺灣，不必為此發愁，豈知事情往往教人意想不到，一天晚飯後，等孩子上了床，他才從皮包裡找出了一疊紙張，開始用打字機填寫表格，並且要我從旁協助他。

他問了我有關我的經歷、我的親屬、我詳細的一切，然後很高興的對我說：

「我們這次回美國，就能辦妥妳入籍的事！」

「我入美國籍？短短兩個月就能辦好？那怎麼可能？」開始我不能置信，而約翰說他目前從事的工作，係屬美國航空業在海外的機構，凡是這樣的工作人員，有權利縮短配偶入籍的時限，經他向華盛頓法院請示，他們回信說先通過調查，然後就可以定期考試。於是，當所有的表格填妥寄去，剩下便是我暗自焦慮著如何應付考試的難關。

約翰從美新處借來幾本有關入籍的書，要我像個中學的孩子，把美國史從頭讀起，首先，還有新奇之感，看來甚覺有趣，不多頁，就感到不耐，碰到難解的詞句還得翻字典，心中好不彆扭，活到這麼大了，為了非為己願的事，勞心傷神，實在犯不著，犧牲了寶貴的午覺時間，結結巴巴的逐題細讀，太不是滋味，等到三頁讀罷，瞌睡蟲早已爬上眼瞼，在陽光葉影中，我寧願做我東方人的好夢，一覺醒來，夢痕依稀，那兒還記得美國史？

好勝心促使我努力學習，而另一種情緒又矛盾地在我內心擊撞，我強烈的民族意識，隱約的使我覺得不安，我若是改變了國籍，自責的心理不能壓抑……，於是，我自己下決心，不再作努力爭取的打算，一切聽其自然，如果不能通過考試，約翰也該明白我，不致怪我的。

不多日，美國法院的通知書來了，他們同意我參加入籍考試，並因為當時美國總統大選在即，把考試日期提前舉行，所以我必得在指定的八月三日以前，抵達華盛頓。

赴美觀光，本是我多年的願望，約翰在婚前屢次告訴我，他希望作為我的導遊者，因為這是他生長的國土，一切當更有意義。我們婚後，僅僅半年多的時間內，對我，說來經歷了不少生活上的變更，我的興致尚留在探索新生活的奧祕上，早已沖淡去美國遊歷的豪興，如今，突來的時限，不禁使我有些匆忙之感，所幸，約翰井井有條，也具備了旅行的經驗，不但他料理自己的衣物，且能替我分勞。

我們費盡心機來安頓兩個女兒，希望她們不因我們的遠行而受到影響，當一切安排妥當時，日期已很緊迫，可能因為在溽暑天氣，奔忙裡裡外外的事務，從臺南去臺北等候上飛機的前一日，約翰竟又病倒了。

發燒感冒，睡在中國飯店等著大夫診治的約翰，心裡焦急，表面上還是那副沉著冷靜的樣子，可把我急壞了，在臺北有好幾處朋友為我們特定的餞行宴，都得臨時取消，尤其是夏總經理的岳母左老太太，說好了自己做幾樣菜請我們，本來是盛情難卻，這下子也得謝絕，我心裡十分過意不去，更著急的是第二天午後要上飛機，直飛東京需要四個多小時，如果約翰熱度不退，似乎需要抱病起程，他身體是否吃得消？假使展延行期，勢必影響所有既定的計畫，所以，我成了熱鍋上的螞蟻，好不煩惱。

臺電的葉大夫是我的老鄉親，把他請來，給約翰注射，並開了一種最貴的特效藥，他認為是流行性感冒，不久一定會退燒的，果然夜半時分，約翰已經酣睡了，體溫完全恢復正常，我才放下心來。

第二天午後，我們如期登上了飛東京的民航班機，緊張的情緒頓時鬆弛下來，我反而覺得困倦極了，看看約翰，他倒是頗為自在的享受旅途中的安逸，好像那突來的病痛是曾經發生在我身上似的，我真恨不得停止旅行，好讓我舒坦地在家中休息個夠。想到了家，我的思慮又多了——

茫茫的雲海，渺渺的宇宙，我已經一分一秒地離家遠了，這是我多年來第一次最遙遠的旅程，也是第一次離開孩子們最長久的旅程，剛剛起始第一站，我便嚴重的患了「思鄉病」，情感敏銳，愁緒萬千，極力控制住自己，好像稍微放鬆，眼淚就會止不住的流落，約翰看不出我不太正常，他說：

「妳不舒服嗎？」

「沒有——有點兒累，一會兒就好。」我把眼光投射在窗外。

約翰伸手握住我的手，在我耳邊輕語：

「我知道，想家、想孩子？」

「誰說的？」我想分辯，喉頭卻哽咽著，淚湧了上來：「我不該離開她們那麼久……」

「別難受，下次我們一定帶她們一起去，這次最多兩個月就回臺灣，不算太久——」他不善詞令，說話永遠過份實際，往往不能把我波動的情緒服貼，我便懶得答話，到了東京羽田機場，已經是萬家燈火的時候了。

初次到東京，它給我的第一個印象是「大都市」的特色，路長、車多、人雜，比我想像中更寬廣繁華的東京市，讓我體會出戰後的日本，如何突飛猛進的重建自己，大部分美國化的市容，仍然保持著日本人所喜愛的風光，而他們驚人的進步，是在不斷學習、模仿，乃至超越了原有的一切，工業、醫學、建築以及藝術方面，都有媲美世界水準的成就，使人不得不歎服這個民族可怕的潛力。目睹戰後復興的景象，以另一種眼光去評判，究竟日本是勝抑敗？誰能斷言呢？

我們下榻於東京希爾頓酒店，可以推窗遠眺聞名的東京鐵塔，近處則是一列禪寺，古木神坊，走動些穿了袈裟的和尚，看來又有一番天地，鄰近四處則在大興土木，到處都是即將完工的高樓大廈，可以想見不久將來，東京的景色更趨繁榮了。

我們既到了日本，當然要先嚐一頓日本菜，約翰提議在銀座一家餐館試試，我們都不諳日語，店員們也不熟悉英語，因此，結結巴巴、指指點點的叫了幾道菜，是平日常說的「天婦羅」、「刺身」，還有「味噌湯」，端上來都是些小盤小碟，味道也很平常，我想不致太貴，誰知道吃完一算帳，好傢伙，差不多六千日幣，合起臺幣來，這頓小吃，可供我們吃一頓上好的酒席了。我以為約翰是美國人，可能做了冤大頭，後來，在東京的熟朋友告訴我們，日本菜價是比較貴，尤其是專門做外國遊客的食堂，更以賺美金為主要對象，其實，在東京到處都是花錢的地方，「吃」僅是其一罷了。

有人說，東京是男人的樂園，我同意這個看法，在我觀感中，我是厭惡這種浮華虛榮的畸形社會，當我們逛了松阪、高島等大百貨公司，遛了一趟所謂情調優美的夜之銀座，又去一家有名的夜總會，賞識了聞名已久的「脫衣舞」，我的好奇心已經感到滿足了，回到希爾頓酒店，我深深的喘了一口氣：

「呵！這就是現代的日本帝國。」

「妳喜歡東京嗎？」約翰也覺倦了，一邊伸著懶腰這樣問我：「妳總說要看『脫衣舞』，這次滿意嗎？」

我不禁失笑起來，是的，我曾多次聽說東京的脫衣舞是世界聞名的，當然很想一開眼界，實際上，我仍然不能把那樣的表演當作「藝術」來欣賞，即使她們標榜著「人體美」、「姿態美」，面對著那樣大膽的赤裸暴露，我簡直不敢正視，尤其是在大庭廣眾之前，女性胴體的裸露，總是一種病態的色情意欲，也許我太保守，那時際，如坐針氈，不自在已極，我笑著向約翰說：

「夠了，一次已經太多，這樣的『藝術』我是沒有勇氣再看的，怪不得人人都說東京是『男人的樂園』。我是女人，你以為我會喜歡嗎？」

「我猜想妳不會喜歡東京！」

我不僅是不喜歡，甚至我厭惡它，在我內心深處留下的創痕，很難彌補，那是由於我曾生活在對日抗戰時的淪陷區，日人屠殺迫害的劣行歷久難忘，記得當年我就讀於南京中央大學，有一回和幾個同學去一家名叫「森永」的純喫茶咖啡室聽音樂，不知怎的，一個男同學和店裡的僕歐吵了起來，那老闆是日本人，矮小精瘦，蓄了仁丹鬍子，穿著和服，大喝一聲，叫把大門關閉，立時出來三、四個彪形大漢，包圍著兩個男同學動手便打，我和另外的女同學一見情況不妙，拔腿就跑，衝到大門口，他們正想攔阻，被我拚命奪門而逃，直奔到派出所，連呼「救命」，那時偽政府警察還偏向自己國人，聽說我們中國人被日本人毆打，立刻趕去營救，表面上說是查辦，實際是救命要緊，待他們趕到，兩個男同學已經被打得遍體鱗傷，奄奄一息，幾乎成了殘廢。這不過是那時最平常的一個事例，由於我親眼目睹，才體驗到日本民族殘暴蠻狠的天性，我不敢想像若是我和那位女同學不曾逃出虎口，將遭遭到什麼命運？真是令人不寒而慄，我把這件事說給約翰知道，他說：

「那種時期已經過去了，好戰黷武的時代不再存在，我們來東京，最好不想這些。」

「我不會忘記，在淪陷幾年內，受夠了日本人的氣，有許多血的教訓，是不能忍受的。」

「為什麼談這些？我的小乖，想些愉快的事吧！」約翰真想轉移話題，一時不知打那兒說起，他扭開收音機，柔和的日本輕音樂流瀉了出來，他連忙改換週率，陪笑地說：

「對不起，想不到是日本音樂。」

我也不禁微笑，改撥到美軍電臺播送的絃樂演奏，音調很動人，房間裡平添了無限情韻，約翰高興地攬著我說：

「這是我們第三度蜜月，我真幸福。」

「怎麼是三度呢？」

「第一次在香港，第二次是在臺南生病的時候。」

「把生病當作蜜月，多古怪。」

「生病的時候，能時刻看見妳，妳又對我那麼好，不是像過『蜜月』一樣快樂嗎？」

這就是大多數美國人的性格，樂觀的，不念舊惡的，但是也可能由於這樣的個性和觀念，使整個世局泥足更深，展眼看越南、看韓國，以至剛果……許多血的教訓竟不能使美國醒悟麼？怎不使人悵惘！

我們毫不戀棧的飛離了東京，以七小時以上的航程，直飛美麗的小島——檀香山。

我不太習慣於長途飛行，尤其是越來時間越亂了，日夜的顛倒，使我非常不舒服，約翰早已替我準備了一些鎮定劑，因此我得以昏昏沉沉的意境，直到在長久空曠的宇宙間，發現了圍繞著碧翠的陸地。

夏威夷！那就是我自小夢寐的人間天堂，憂鬱的藍海在這一片土地四週，變成青翠綠嫩，那顏色之美，令人想起七彩天然色的電影，真美、真動人！

「我猜妳愛上了火奴魯魯。」約翰說。

「你怎麼知道？我又不曾說過。」我故意地。

「我研究妳，妳喜歡什麼，都表示在妳的眼睛裡。」

那是事實，我會沉默，我會顧左右而言他，但是，我常不能掩飾我眼睛裡的祕密，多少次，約翰說他「研究」我，我想他找到可靠的資料，我的眼睛太坦率。

「我們能多留幾天嗎？」我遙望著明媚的青天，陽光暖暖的映滿島上，波光椰影，美景如畫，不禁這樣問他。

約翰歉然地說：「我怕不能，我們得如期到達華盛頓。」

當我知道第二天就得趕去舊金山時，我的遊興被拂去一半，而約翰則興高采烈的準備帶我出去逛逛，我們下榻的旅館在海邊，一半面臨遊覽區Waikiki，景色絕佳，稍事休息，我們就在沙灘漫步了。

島上的居民習慣了溫暖的氣候，多半穿著簡單的衣服，他們偏愛色彩鮮艷的圖案，各地來的遊客，也都入境隨俗，喜歡買一兩件類似布袋裝的「Mu Mu」，「Mu Mu」十分寬大舒適，而且花色繁多，可以遮掩體態的缺陷，再穿一雙空前絕後的涼鞋，在那麼詩意的海濱徜徉，真有飄飄欲仙之感。

我的膚色深暗，頭髮烏黑，換上一身新裝，活像當地的土著，因此我挽著約翰的臂，一路走去，不見有人把我看作異鄉客，倒是我給約翰買了一件花夏威夷恤，他穿著很不對勁，平常他總是衣履整齊，文質彬彬，改了這種款式，帶著些「狂野」的味道，似乎不太配合，他自己也覺不自在，可是他很欣賞我的裝束，用他的攝影機，拍攝了許多「海邊小憩」的鏡頭。

那時，風在天邊呼哨，飄逸淒迷地，掠過了海洋，拂上沙岸，椰樹和一些不知名的植物，搖曳生姿，海灘上許多游泳的男女，追逐嬉戲，海中間也有帆船遊艇飄馳而過，靜靜的海浪，夾雜著輕微的笑語，我不禁悠然神往地對他說：

「啊——約翰，我真願意長住在這個地方！一直到我老去。」

他回眸看著我，深沉地：

「真的！妳願意在這兒生活下去？」

「為什麼不？你不喜歡嗎？這美麗的風景，這舒適的氣候，又安靜，又愉快，我不想離開。」

「這是妳第一次踏上美國的土地，也許妳覺得新奇——我應該再等幾個月問妳一個問題。」

我迷惑地望著他，不清楚他究竟要問些什麼，他說：

「我要妳快樂——乖，我們會有時間考慮下半輩子如何生活愉快，一切都以妳為主，如果妳喜歡住在美國——」

「哦，不！」當我明白他的意思時，我急忙阻止他說下去，「我不能決定這個問題，讓我們考慮吧！我祇是太喜歡住在島上，有高山，有大海……其實，臺灣就很理想，不是嗎？」

他還是笑了笑，慎重地說：「我們回臺灣再討論這個問題！現在該選一個好飯館，我覺得餓了。」

回旅社，換了晚裝出來，約翰帶我到山坡最高處一家大樓頂層的餐館，名叫Rondo，那是比較高貴的去處，菜餚價格也很可觀，我們點了菜，正在觀望窗外市景，我好像感到物體都在移動，頭微微暈眩，我想也許是長途飛行的影響，閉了眼睛，依然如此，我便說道：

「約翰，我頭昏！」

「怎麼啦？不舒服嗎？」他急忙摸摸我的額頭。

「不，我祇是覺得……東西都會移動似的！」

聽了這話，約翰大笑起來，原來這所餐館是特意設在山巔高樓頂層，屋宇是圓形的，四週都是玻璃窗，可以把全市景色一覽無餘，最特殊的建築要算是整個餐館會慢慢旋轉，大概屋底裝有特製的馬達，以轉動屋身，因為移轉得如此輕微緩慢，坐在室內的客人不易察覺，一邊用餐，一邊還可以欣賞四面八方不同的風景，他們認為是該處的特色，但是，我剛下飛機不多時，反而覺得昏暈，約翰早已知道，卻故意待我自己發覺，他笑著說：

「妳這麼聰明，也有糊塗的時候啊！」

我好氣又好笑，發現真相，頭也不暈了，我們愉快地吃了一頓豐富的晚餐，才回旅社安息。

第二天清晨，我們給臺灣親友們選寄了許多明信片，然後在百貨公司裡參觀了一遍，當地出品一種用不同類別的花卉製成的香水，香味馥郁，包裝也別緻，約翰知道我嗜愛花香，買了兩瓶送我，至今我在嗅覺上，仍容易勾起美麗的夏威夷之憶，那芬芳依然濃郁如昔……。

踏入了檀島境內，使人感受著平和安詳，聽不到刺耳的噪音，街道上即使車輛往來穿梭，也都是平平靜靜，根本不用喇吧撳響，井然有秩序的交通道德，很深的根植在美國市民的常識裡，使我幾乎忘懷了嘈雜的日本東京街頭——

「我希望有機會再來！」往機場途中，我低聲對約翰說。

「當然，我們下次帶孩子們來！」他捏緊了我的手。

抵達舊金山時，我困倦萬分，離開臺灣時的生活習慣還不曾改變過來，白晝與黑夜的差距，也還未能適應，但是我的心情比前幾天更興奮，因為我快晤見我的六舅了。

六舅是我母親最小的弟弟，祇比我年長九歲，由於年齡接近，我們特別親切友善，抗戰時，他在重慶西南聯大讀書，我則留居京滬一帶，母親故去以後，我們斷了音訊。不久抗戰勝利，他供職外交部來到南京，曾有一段愉快的重逢時日。六舅母很能幹，人也長得漂亮，那時在我年輕的心頭萌長著說不出的敵意，好像六舅母把六舅給我的愛奪去了，故意長久不去他們家，接著父親舉家遷來臺灣，我們還陸續通訊，不久他便去美國，我自己更是命運變化，也不想把苦惱的消息告訴親人，所以很少聯繫。

在我和約翰婚後，重又與六舅保持聯絡，並且沒料到我們竟能在美國重相見，當住進了酒店，我急忙拿起電話往六舅家中打去，六舅不在家，是小表弟來接聽，他不會說中國話，我說明來意，並要他轉知他父親，臺灣的表姊來到舊金山，留下了電話號碼，請他回家時打來。

約翰笑我如此忙不迭的找舅舅，若不是我的親舅舅，他就會妒嫉了。我知道我自己情緒多麼波動，可能因為在臺灣十多年來，長一輩的大都已作古人，一旦能和血親異國相逢，怎麼不使我心情激揚！我像是忘卻了初次來到舊金山該好好安排四天停留如何觀光，最大的目的，竟像是不遠千里而來省親探舊似的。

當電話鈴響時，夜已深了，我果然聽到了六舅的聲音，他像我一樣興奮激動，我能想像他是多麼高興地對我絮絮不斷地談說著，就如同當年我們在京滬家居時一般親切愉悅。我們談著家庭狀況，其他的幾位舅舅和姨母音訊不通已久，都從他口中得到訊息，我母親的家庭是個大家族，各處的親戚大略提起了些，已耗去不少時間，最後他問起了約翰。

「……聽說他的中國話說得很好是嗎？」

「不錯，而且是京片子，你要跟他先說幾句嗎？」我把話筒交給一旁坐著的約翰。他笑著對我說：

「你們談了一個多鐘頭，才記起我來。」接過話筒，他和六舅寒暄了片刻，約定明天早晨見面，六舅開車帶我們看看舊金山的景色，也計畫去鄰市蒙特里市看望六姨母，她是母親的姐姐，來美國也有十年左右了。

第二天晨起，抖落一身疲勞，先趕去看了約翰在亞洲基金會的老朋友，我就急著回旅社，剛進門，六舅已坐在樓下大廳的沙發上等著了。

我們高興地彼此擁抱，我竟然祇知道傻傻的望著他笑，一句話也說不出來，六舅也是，祇聽他反覆地喃喃著：

「太好了，能見到你們，真太好了……」

到了房間裡，他才歎息著說：「唉！多久了？算算看，小乖，十八年不見了。約翰，十八年，夠長久吧？」

可不是，十八年悠長的歲月，能消磨盡一個人生命中最美麗的時光，可以想見逝水年華，已留下什麼痕跡給我們。六舅並不老，而他失去的，是二十多歲那時特有的活力，他變得更世故、更沉著。靈活好動的習性都已不在，代之以中年人的成熟洗鍊，他不再是當年那位翩翩年少的外交官，變成十足穩健的教授風度，多年來，他一面在舊金山大學任教，也在加州大學攻讀博士學位，同時任教於美軍華語學校。最近，臺北英文報紙曾刊登了一則新聞，說明年暑假時美軍方面將請他來主持臺北華語學校，並將由美國帶來一批學生上課，相信那必是他回國觀光的大好時機。

「六舅，有人說你發財了，真的嗎？」我故意坦率的問他。

「發財？才怪呢！為了我賺的薪水不夠養家，舅母才想辦法在蒙特里開了中國館子，開頭賠了不少，今年才算是略有起色，離『發財』還遠著啦！」

接著他談到十幾年來在美國的情形、華僑對祖國的戀念，又感慨萬千的說到美國緊張忙碌的生活方式，早使他享受不到中國人那份閒情逸致，他說：

「我的時間完全被固定的生活方式支配了，屬於個人的一點真正的『享受』，就是深夜看看書，煙斗在手，一杯濃茶，於願已足，你們看，這樣的生活夠不夠單調？」

美國地廣人稀，雖說汽車人人自備，有時到鄰市一行，往返也得三、四個小時，我渴望見見六姨母，結果怕時間不夠，祇好給她打了長途電話，以慰思念了。

六舅帶我們看了全市的街路，舊金山特有的彎曲陡坡，斜度令人生畏，據說凡是當地的汽車，都得另裝一種特製的齒輪，才能爬高落下不致有危險。參觀了一般市容，又轉到中國城，看見更多的黃種人面孔，陪感親切，餐館店面的裝飾布置，很像香港九龍一帶的商家，於是，我們就停落該地區，在一家有名的廣東菜館，和六姨的獨子，我的表弟夫婦及兩個孩子，一同進午餐，表弟供職美國公司，擔任工程師的職務，他年輕又有學識，正是在美國最吃香的技術人員，收入很好，最近買下了一幢新房子，小家庭日子過得十分滿足，看到他們幸福的生活，不禁想起臺灣有多少青年人才，畢業以後無用武之地，往往把一肚子學問為適應環境而「所學非所用」，真有無限感慨。

金門大橋是我久已嚮往的，這是全鋼製成的吊橋，長達四千兩百英尺，行駛其上看不出太大的好處，當六舅把車子駛向金門公園附近，遙視橫在海中央的橋身，才覺得這確實是個偉大卓越，巧奪天工的工程。我們站立的地方，綠樹成蔭，芳草茵翠，六舅說：該處是他自己避開塵囂，陶冶心性的所在，那幽雅的景色，遠處襯著藍藍的海洋，大橋如一縷金閃閃的虹影，說不出何等的曠怡豁朗，令人塵念頓消，祇想化作一隻悠然飄落的白鷗，隨波而去……。

約翰找到了攝影的好地方，彩色電影很容易把美景收入鏡頭，但是仍不能表現那「意境」高雅於萬一，我也爭取了不少機會，用我自動的照相機，拍了彩色照。

六舅又帶我們參觀了舊金山大學語言學系的教室，和他工作的地點，他正在編寫福州話的講義，又馳往加大走馬看花，還欣賞了最新建築的圖書館，我不得不歎服這富足的國度，和不斷進步中的一切。

晚間，我們在瑪麗蓮夢露前夫棒球明星狄馬喬所開設的一家餐館吃海鮮，慕名而來的遊客常使座無虛席，我們擇近窗臨海的一角，邊吃邊談，杯酒下肚，六舅興致更好，他對約翰說：「你們此行，給我帶來了不少回憶，無形中把失去了的中國人最寶貴的那一點人情味又重拾了起來。唉！在美國住太久，人變成機械化，感情也麻木了，約翰，你真是有福氣，娶到了小乖……」說著，他看看我又轉向約翰：「小乖永遠是可愛的，經過多少風霜還保持著『人之初』那樣天真的本性，實在太難得，我用一美國人的俗話：『百萬金也買不到像這樣一個性格的人』，約翰，你該好好的保護她！」

約翰微笑地不住點頭，回答說：

「我會保護她，因為我是她的丈夫，而且我深愛她，了解她所具有的優點，她真是最寶貴的。」

他們一句句的談論我，又都把眼光投射在我臉上，使我很難為情極了，我抗議地：

「六舅！別忘了我不再是個孩子啦！十八年不見，你不能把我當作小女孩來評論呵！」

晚餐過後，去六舅家中，這個家等於他私人作息的地方，舅母則在蒙特里海邊自己的中國餐館居住，便利照顧店務，那裡開車也需要一個多小時才到，因此他倆見面時間很少，六舅帶著三個兒子住在一起，他的孩子個個健康紅潤，活潑可愛；坐在他的客廳裡，偶然瞥見書架上有一列錄音帶，默唸著紙盒上貼著的名目：「洛神」、「天涯共此時」……我不禁叫起來：

「六舅！你怎麼來的這些錄音帶？」

「妳奇怪不是？我早就聽過妳的錄音了！一個從臺灣來的記者賣給我的。」

那幾卷錄音，可能是從正聲公司拷貝去的，有些是我六年前播錄的廣播劇，想不到竟然被海外的舅父保留著，他不曾提起過，使我當時的確很驚奇，更覺得人生有許多事真不可思議。

在舊金山停留的最後一晚，是六舅請我們去一家世界馳名的夜總會，該處銷售名貴的酒類、餐點，侍女都穿著法國宮廷式的服裝，帶金色假髮，網線長襪，玉腿半露。在昏黃的燈光下，能清晰地俯瞰舊金山全市的夜景，另有邊門通著全世界唯一的玻璃電梯，從高而下，得以透視降落時的奇趣，這也算是別開生面招攬遊客的方式了，可惜我的記性不好，竟把這家夜總會的名字忘記了。

因為第二天飛華盛頓的班機是清晨八點鐘，所以我們辭謝了六舅的送行。當晚，我們黯然和他告別，他祇是握著約翰的手，再三要他善待我，他們用英語交談，六舅最後的一句話：「約翰，答應我，你要使小乖快樂。」

「我答應你，我願意。」約翰回答

幸運的入籍考試

飛往華盛頓的豪華客機，有極齊全的招待，不但香檳美酒，各式西點，且有一場電影可看，在飛機上看電影無疑是相當舒服的享受，主要是能忘卻漫長的旅程，那場電影是當時尚未在各國上演的新片《妮瑪》，後來在臺灣演出，譯名「豔賊」，是緊張大師希區考克的作品，男女明星都是頗有票房紀錄的，因此當空中小姐拿著耳機問我們：「要聽對白嗎？」

約翰點頭回答：「好吧！來兩副。」他又掏出兩元美金，小姐接過錢，交了兩副耳機給我們。

「我們買這個幹什麼？」我小聲問約翰。

「不，這是租的，如果沒有耳機，我們看電影就聽不到聲音了，我想妳會需要。」

「租一次一塊美金？」我有點兒看不慣。

「妳慢慢的會習慣這些，在美國，什麼都要錢，沒有錢簡直行不通，來，戴上它，就要開始了。」

「照我們中國人的說法，這就是『敲竹槓』，既然奉送一場電影，何必要多加一塊錢租金？那有人肯看無聲電影的？」

「什麼叫作『敲竹槓』？」

這倒把我難住了，一時找不出足夠的資料來答覆他，我便指著前面的銀幕說：

「先看電影要緊，以後再告訴你。」

影片劇情進行著，我卻不能集中心意觀賞，機身雖很平穩，偶爾雲朵掠過，也會突然微微顫動，我寧可閉上眼睛養神，好淡忘自己置身在高空上……。

闔上眼睛，心裡無邊際地想著，美麗的舊金山已經離我遠了，六舅的聲音依稀在耳邊：

「小乖，當初聽說妳要嫁美國人，我實在不贊成，這次見到他，覺得妳沒有錯，他不像個普通的美國人。」

我究竟是不是對的？自己也難下斷語，人在新婚時期，總是牽就對方的，自從婚後，我們彼此很客氣，又重禮儀，他外出或歸來，必親吻如儀，相授受，必言謝，有不週，必道歉，古人形容的：「相敬如賓」，恐怕就是這樣的夫婦形式了。所幸還不至要我「舉案齊眉」。

他的確不太「普通」，保守穩健，深沉固執，根本不像個美國人。我開始了解他所吸引我的，便是這些我性格中欠缺的成分；他，彌補了我所不足的，可能，我也充實他的人生。

一頓豐盛的午餐，使我昏昏欲睡，雲層厚疊，望不見地球上的景色，約翰見我如此疲乏，他要我靜靜的睡一覺，他說兩個小時內，我們便抵達美京華盛頓了。

我說不出有多麼貪睡，暗自思忖，莫不是病了嗎？但是約翰笑著解釋道：

「妳當然想睡，在臺灣這時差不多正是半夜哪！我們出來不久，還沒有習慣日夜顛倒呢！」

可不是，我最怕熬夜，不容易適應眼前的環境，深覺遠行不如居家，迢迢萬里雲程，勞民傷財，並不及想像中那麼愉快，何況，約翰拿出了他準備好的書籍，開始問我有關入籍考試的問題，害我暈頭轉向，始終記不清美國國會如何組成？憲法如何通過？

何時獨立？……。

正在腦子裡亂哄哄時飛機師報告就要降落了，正是五十三年八月二日下午四點左右，我們抵達華盛頓。

天落著濛濛的雨，帶著無限秋意。

「嗨！約翰！海倫！」那是麥加第的聲音，我們望見他在那邊揮手，約翰也搖手示意，臉上綻開了罕見的笑容，可以想見他倆的友情深厚。

站在麥加第身邊的一位中國人，也向約翰歡呼著：

「歡迎！歡迎來華盛頓！」

我悄聲問約翰：「他是誰？」

「哦，麥克也來了！他就是我常常提起的好朋友，徐元約，麥克徐。」

元約，美國之音中文部負責人，他是駐加拿大大使徐淑希的長公子，和約翰有同事之誼，私交也不錯，他撐開了雨傘把我們接進他的汽車。

在車上，他們三個久別重逢，話就像流水似的，我則昏昏欲睡，實在乏力不堪，狄克麥加第自己駕駛，漫長的公路他毫不在意，祇是不斷的回頭和約翰談說著。這一次，我真感覺美國之大，從機場到市區，已經夠我受的，我幾乎支持不住了，倚在約翰肩上，一句話也說不出。

「海倫太累了，差不多每個剛到華盛頓的中國人都會這樣，就因為還沒有習慣變換時差。」

麥克說得不錯，我是太累了。不久到達他們家，那是一座華美的公寓，地點適中，住客都屬社會上流人士，租金較一般更貴，徐元約夫婦倆沒有小孩，家中布置得雅潔有緻，充分顯示出主婦是個有美術眼光的女人。

徐太太麗蓮，看上去祇有二十多歲，講究穿著的她，一席合身的旗袍，以動人的色彩，襯托出少婦的風韻，大眼睛、白皮膚，流利的英文之外，還能說熟練的滬語和北平話。

當約翰為我們介紹時，我一開始就喜歡她，很難得，她也非常喜歡我，雖然我睏得快發狂，還絮叨地和她談著，她已準備了晚餐，特請我喝了些「中國茶」，睡魔仍是不去，約翰一杯馬蒂尼落肚，也倦眼惺忪，除了臥榻之外，我們什麼事也無法支撐了。

「晚飯已經備妥，吃完再休息吧！」女主人殷殷留客。

「恐怕我們得先回旅館，妳看海倫差不多快睡倒了，妳不會見怪吧！麗蓮？」約翰說著站起身來，扶起了我，我的神智不清，聽說可以回去，如逢大赦，趕緊向主人告辭，他們夫婦看我們的確過分疲乏，也就不再勉強，走到門口，麗蓮握著我的手：

「海倫，真高興認識妳，等你休息夠了再約妳出來，明天早上的考試，讓我預祝妳成功！」

考試！我竟然完全忘卻了這件事，聽了她的話，心中一驚，可不是，明天清晨在法院預定了入籍考試的程序，祇有硬著頭皮上陣，躲也躲不開了。

麥克徐為我們找的旅社，不是最豪華的，美國的旅館定價奇昂，合起臺幣更是驚人，為了節約，我們住在一家叫作溫沙公園旅社，房間尚不錯，適合一般中上階級人士居住。我們到了那裡，稍事安頓，拉上窗帘，蒙頭大睡，足足睡了十幾個小時。第二天我仍然沉睡，被約翰無奈的催促著醒來，喝了一杯橙汁，就準備出發了。

「約好了八點半，為什麼不到八點你就催我走？」一向貪睡的我，一路上抱怨。

「你看看，這路上來往的汽車，如果不早些出發，可能就遲到，這兒是美國，妳慢慢會習慣『時間』在美國特別寶貴。」約翰笑指車窗外各式各樣往來穿梭的車輛，我們被夾在中央祇能前進無法後退，這就是美國，往往一步之差，車子就得多開幾里路才得回頭，因此，美國的司機大多小心駕駛，遵守交通規則不誤。

到了法院，麥加第已在等候我們，他嚷著說：

「你們遲了十分鐘！」

「早晨車輛太多，在路上耽誤了，考試官員來了嗎？」約翰連忙道歉，又問道：「與考的人多嗎？」

我展眼望去，房間裡坐了二十多位男女老幼，都是外國人，我可分不清究屬那一國人，右旁一間小房間的門關著，裡面坐的，便是考試官。

「真奇怪，剛才我和那位官員談了幾句，他說早已聽到海倫的名字，很願意見見她。」麥加第輕輕的向約翰說：「你們認識他嗎？」

「不，從來不認識他，我也覺得奇怪呵！」約翰疑慮地望著他：「他同意你作保證人嗎？」

「是的，他同意了。」麥加第剛想說什麼，小房間門開了，出來一位高瘦身材，灰白頭髮的中年男子，向我走來，麥加第給我們介紹，他客氣地請我進去，但是阻止了麥加第和約翰。

我回頭望了約翰一眼，他柔情地點頭示意我不要怕，小房間的門便關上了。

房間裡祇有一張大書桌，兩張椅子，冷氣開得十足，我感到背上陣陣發涼，手足都冰凍似的……待我坐定，面對著那嚴肅的灰髮、灰睛、畢挺的灰西裝，我眼前就像是落著秋霜般蕭瑟陰寒……。

「我的朋友談起過妳，我也讀過妳填的表格……」他翻開了桌上的一疊紙張：「我有不少朋友在中國。」

「是嗎？哪一位認識我呢？」我反問他，要表示我很自如，並不緊張，但是，我的聲音覺得很僵硬。

「妳認識葛蘭第先生？」

「什麼？」

「葛蘭第。」

「那一位葛蘭第？」

「民航公司的總經理。」

「哦！」我恍然失笑地：「葛蘭第先生，是的，我認識，我們結婚時，他是我丈夫的主婚人。」

「他是我的老朋友啦！還有陳納德將軍的夫人，我也很熟。」他笑著說，聲音非常柔和，咬字吐音十分清晰，他的笑容，如一片陽光，立刻使氣氛暖和起來，他又問起我目前家庭的情況，談了些其他，然後他問：

「妳喜歡美國嗎？」

「請你原諒，我剛來不久，時間太短，不容易回答。」

「妳願意做美國人？」

「嗯——」我遲疑地：「為了我的丈夫，我可能『願意』。」

他笑了，點頭說對。又問我所知道多少有關美國的情形，我坦白承認所知道的很有限，如果他問得多，我恐怕會使他失望。

「好的，我現在正式考妳，請妳盡量回答。」說著他凝目望我，他雖然臉上掛著笑意，而我的心撲通撲通地跳個不住，呼吸也覺不順暢，一定我的眼睛洩露了心中的畏懼，他並不立刻問我，卻說：

「妳不必緊張，放鬆一點，是冷氣太冷嗎？」

「……也許，我怕冷。」我又連忙接著說：「不，不太冷，請你問我吧！」

「好吧，第一個題目：何人是美國第一任總統？」

「華盛頓，喬治華盛頓。」

「第二：現任的美國總統是誰？」

「詹森。」

「第三，美國一共有多少州？」

「五十州。」

「有兩個州是後來加入的，它們是哪兩州？」

「夏威夷和……」我暗暗著急，怎麼一下子想不起那個地名來？「……阿拉斯加。」真像是碰到了那兒的大地震，震得我心慌意亂。

「好！都對了。」他微笑地又翻閱案卷一遍，問我：「妳的女兒跟你住嗎？」

「是的，我們決定下次帶她們來美國。」

「我想妳十一號可以參加宣誓典禮。」他站起來，跟我握手：「歡迎妳做美國人，希望妳有愉快的旅程。」

「我也歡迎你有一天來臺灣看看。」我起身，再也說不出什麼，推門出外，剛好迎住約翰關懷的目光，可是，他和麥加第不待跟我說話，就被請進了小房間，門又冷冷地閉上了，他倆被「審問」片刻。

幾分鐘後，我們走到法院另一間辦公廳，由一位有著撲克面孔的中年女官員，凜然拿出幾張表格，要我填妥，並由約翰和麥加第分任我的保證人，他們一樣要舉左手宣誓，然後簽名，剩下的，便是八月十一日所舉行的「入籍典禮」了。

麥加第和約翰都祝賀我通過了考試，待我說明了那四個簡單容易的「考題」，他們不禁大笑，約翰更是搖頭感歎：

「她總是最幸運的，狄克，你不會相信她所遇見的奇事，好像她永遠不會有困難」。

「是的，海倫運氣真好，碰見這個好官員，如果換了剛才那位長臉女士，恐怕沒有那麼容易呢！」

我們欣喜地離開了法院，麥加第驅車帶我們去「美國之音」參觀，好幾年前，約翰在該處負責中文部，因此，他等於「回娘家」，可以見見全部老同事，當然，我明白他另一個目的，是希望把我引見給他們。

我是一個廣播從業者，當然深以參觀「美國之音」為幸，它留給我極深刻的印象，我極力婉辭了欲訪問我的節目，再三聲明此行純係私人遊歷，不可以當作公開報導，我很高興得以結識好幾位先進前輩，於是連續不斷的宴請就此展開。

在華盛頓逗留最長久，前後除了遊覽當地名勝，如林肯紀念塔、國會圖書館、華盛頓高塔、蠟像館等等之外，最使我難忘的便是參觀了美國國會參議院開會的實況，記得那一天我們在電話裡，與參議員鄺友良先生約好，到他辦公室地點見面，那一陣子，他天天開會，忙得連飯都不能在家吃，所以他要我們過去參觀，並且在國會餐廳請我們吃午飯。

鄺友良是華裔美籍參議員，和約翰私交很好，聽說我們新婚赴美，早有信件約定到了美京一定要參觀各地，在白色大理石砌成的國會大廈，找到門外掛了一祇夏威夷特產的花環。不多久，在鄺友良的辦公室內外，看見有許多往來的老百姓，大半是由檀香山趕來觀光，鄺氏接受他們的歡呼，笑容滿面，親切和善，在室內，鄺氏的女秘書是約翰的熟朋友，他們已在高興暢談，我則冷眼旁觀著，不禁暗自欽佩，鄺氏不愧為政壇老將，確實有他不凡的力量，他有過人的精神魄力，每天應付不知多少「夏威夷鄉親」，而且，他的態度之忠懇真摯，令人心悅誠服，相信他之所以能夠再度擊敗政敵而當選，絕非偶然。送走了最後一批來客就和我們熱忱地歡談，他帶我們穿過許多走廊，坐電梯下達地下鐵道，乘國會專車，駛向議壇場地，有專員在議會進行時攝影，旁聽的人雖然不算少，個個靜默莊嚴，鴉雀無聲，廣大的圓形排座，型式很美，視野寬廣，整個議壇，一覽無餘。我們入座時，正值一位參議員發言完畢，幾位在新聞雜誌報章的人物發表意見，情況相當嚴肅慎重，坐了片刻，鄺友良悄聲說：

「各種人物的心聲是很有趣的。」

散會後，接著去餐廳，他的另一位助手已等著我們了。平時餐廳的設置，多半係開會時供應那些議員老爺，因此，廚師烹調的手藝也不差，鄺友良笑著對我們說：「來國會餐廳不吃『豆湯』，等於白來一次！」他自己卻僅僅要了極簡單的一份，原來他正在實行節食，每頓飲食都有限制，而且煙酒都在節制之列，以他的酬酢社交生活，如此克制實非易事，由此可以見他性格堅毅的一面。

席間，他再三談到臺灣的情形，還用不十分熟練的廣東話說了幾句，引起我笑顏，我告訴他，我十分喜歡夏威夷，如果可能，我願常常有機會去，他也談到他在該地有許多企業、農場……他希望我們去玩，當然不在「政忙」的時分。他又熱心地要攝影人員特意同我們一起照了張相片，當我們回臺灣不久，照片寄到，不但是放大三十二吋的，而且有他親筆簽名留念，可見他多麼細心周到了。

華盛頓的特色是寧靜幽美，有大都市之壯觀，無大都市之喧囂，處處青翠，綠草如茵，新建築美侖美奐，舊宅第古色古香，可算是美國最合理想的府會之地，能夠使觀光客流連忘返。

約翰的前妻和女兒們同住在華盛頓近郊佛琴尼州的阿靈頓鎮，大女兒伊芙是亭亭玉立的十七歲的美麗少女了，老二莎拉祇有十三歲多，也長得有我一般高了，三妹克麗絲丁娜，還是稚氣十足十歲半的小女孩，當她們由姐姐伊芙駕車前來溫莎旅館會見我們的時候，約翰興奮激動，骨肉久別重逢，歡欣的情緒，是真情流露，任何人也抑制不了，況且他們父女間一向保持著良好的關係，一旦見面，千言萬語，訴說不盡，何況那又是家庭突然改變境況以後第一次會見，大家感情都很激動，尤其是我，當時的立場說不出的尷尬，很擔心自己將遭遇到什麼樣的窘困。

事實不如我想像的那麼糟，孩子們究竟純潔天真，生長在美國，習俗不同，這種變化的家庭情況不難適應，她們直接稱呼我的名字——海倫！把我當朋友一樣看待，毫不奇怪我是她父親的妻子，也不避諱在我面前大談她媽媽的情況，倒是她們的母親不肯和約翰見面，即使電話也不願通。

看見約翰疼愛他的女兒們，我心頭隱隱酸楚，若不是為了我，一切不會發生。有一次，我忍不住問他：

「約翰，你那麼喜歡她們，為什麼要離婚娶我呢？」

他注視著我，柔聲回答說：

「妳怎麼會問這麼傻的問題？妳不是愛妳的女兒嗎？為什麼也會跟她們的父親離婚

呢？我娶妳，祇因為我愛妳，那和愛女兒們是完全不同的，妳懂嗎？」

我懂，也許我不懂。

總之，我覺得受命運作弄的人生，苦多樂少，我和約翰傾心相愛，但是無法消弭每人過去的歷史，在我們短短的有生之年，必將時時受這陰影的投射。約翰比較理智，他容易控制自己，克復異想，我則情感游離，太富於幻想，其結果自苦不已，怎不煩惱……。

和他三個女兒在避暑勝地──「海洋城」住了一個星期，那是遊客與海洋嬉戲的好地方，潔淨的細沙，坡度均勻的海灘，使我回想起美麗的青島海灣，很久難得看見如此良好的天然游泳的所在了，而且遊人多半是休假的學生或是公務人員，整天不必穿著豪華時式的衣服，得以隨便自在，短褲花衫不怕招搖過市，真是相當舒服的一段原始生活。

和女兒們分別後，才有了第一次的紐約之行。

不愧為世界第一大都市的紐約，使我眼花撩亂，首先映入眼簾的是高樓、高樓，到處可見各種型式的高樓，以一百廿多層的帝國大廈摩天大樓為首，等而下之，高低不一的高樓大廈隨處可見，尤其是當我們到達帝國大廈最高層，在陣陣天風狂吹下俯視整個紐約市密密層層的樓宇，彎彎曲曲的街道，螻蟻般往來的車輛、人潮，真箇如置身童話國度，不敢信其為真實世界。

我們悠閒地逛了著名的第五街，特意在《第凡尼早餐》影片中，女主角奧德麗赫本出現過的珠寶店裡外轉了一圈，許多耀眼奪目的珠寶鑽石，我們都「過目」一番，看得中意，實在未敢問津，約翰說：「太貴，買不起。」

洛克斐勒中心，也是遊人駐足的地方，廣場暑期賣餐點，到了冬季便改作溜冰場供應客人暢遊，既到該處，總得看看，約翰想不到我對溜冰也有興趣，我便提高嗓子告訴他：

「你不知道我是一九三六年全滬兒童溜冰冠軍嗎？」

但是，時光不待，現在的我若穿上冰鞋，一定會摔跤了！

逛百貨公司是女人的樂事，我也不例外，紐約市的百貨公司，是以「世界最大的百貨公司」為標榜的，像有名的「梅西斯」、「金寶斯」等等，確實大的驚人，貨品更是萬般齊備，應有盡有，約翰說：

「我喜歡看妳進了百貨公司時的眼睛。」

「怎麼？有什麼不對嗎？」

「妳看到心愛的東西，眼睛就發光，我會知道妳喜歡什麼，可是，我還不懂女人的心理，為什麼妳常常喜歡看一樣東西而不立刻買它？」

「我不知道美國女人怎樣買東西，我卻知道我自己喜歡看，是我喜歡的，未必是我想買的，這不是很簡單的道理嗎？」

從此以後，約翰陪我逛商店就不再驚奇於我的眼睛了，我想，最使他安心的卻是我並不樣樣都想買回去。

約翰二十年前的老友考夫曼先生，居住在紐約近郊，他和他太太請我們在一家相當有名氣的餐館吃晚飯，我記得那家館子壁上有各種不同姿勢的凱撒像，名稱就叫作「十二凱撒像」。

考夫曼繼承他父親的事業，做了律師，有頗豐裕的收入，他體型矮胖，談吐很風趣，他的夫人纖細文靜，風度很好，他倆都對我這遠來的稀客非常有興趣，她更是再三向約翰說：

「我喜歡海倫，請你答應下次來紐約時把她交給我一整天，我要帶她好好出去看看，紐約好玩的地方太多了，把她交給我，你放心吧，約翰！」

其實約翰並不願意她帶我出去，當我們第二次逛紐約時，他不曾去看考夫曼，祇在電話裡寒暄，那一次聚會除了很愉快地結識了他們夫婦之外，令我難忘的是「十二凱撒」昂貴的帳單，我們兩對夫婦，一餐晚飯差不多整整一百美金，真不知那幾道菜，一些酒，究竟好在哪裡？也許我是由節儉的臺灣去的，總覺得實在不合理。

我是「美國太太」了

八月十一日在華盛頓，我完成了宣誓入籍盛典，那像是作了一場夢。

這隆重的典禮，有將近六十個來自不同國家的人民參加，黃皮膚的大約祇有四、五個，典禮在法院法庭舉行，那樣肅穆的場合，各樣膚色的人相聚一堂，幾名持星條旗，正步而入的美國海軍陸戰隊健兒啟開了序幕，接著各官員、民意代表就座，觀禮的親友則坐在我們後面，最後才是大法官就位，氣氛莊嚴極了。

我生平未曾經歷這樣正式的場合，雖不是法庭受審的「罪人」，至少，我說不出有多少「孤獨」之感。我不是小孩子，不致於畏懼法庭森嚴，但是，我心中暗自思量，這不安的情緒應由我本身根深柢固的民族概念，我嫁給一個美國丈夫祇有八個多月時間，我踏上美國國土僅僅十三天，教我如何把自己變成「美國人」？何況，我不習慣美國的風土人情，不熟悉美國的氣候天色，不擅用美國的語言文字……我是個地道的「中國人」呵！想到這裡，我幾乎要流淚了，為了什麼？為了愛他，愛我的丈夫，祇因為他是美國人，為了使我們成為一對完滿的「夫婦」，我要做他心目中溫順的妻子；真實的愛情，不是有所「犧牲」的麼？

我應該堅強起來，面對現實環境，不許自己胡思亂想，於是，當一位婦女代表發言的時候，我不禁偷偷的在人叢中找尋約翰，他坐在左角後排椅上，當我回過頭去，從一片黑壓壓的觀眾中發現了他，他也正向我這邊注視著，立刻我遇到他親切的眼光，給我以他慣常溫柔的笑顏，並且故意逗我輕鬆地眨了眨眼，這是他引我發笑最愛用的小動作，我認為是純粹「美國製」的幽默，我祇好報以微笑，有了他沉默的情意，減卻我幾許矛盾，直到典禮完畢，退出庭外，被攬在約翰的臂彎裡，我才意識到我自己究竟做了些什麼？為了愛情，我肯「犧牲」的不僅是這些啊！

據很多人說，「美國公民」是不太容易得到的頭銜，歸化移民固然是美國民主政策所規定，而具有美國公民資格需要相當長久的時間，若干必須的條件，某一些人物，以獲得「美國籍」為榮，當然也有他們的依據，在我個人說來，除了我對約翰私心的一份情愛，我崇拜美國的蓬勃朝氣，孜孜不倦的創業精神，我也陶醉於他們富足享受的物質文明，更主要的是他們領導著人類奔向真正民主自由的目標，使人類活在「自由」的世界，享受至高無上的「人權」！

典禮過後，我們回到旅社，我多日來緊張的心弦終於鬆弛，倒在床上昏昏睡去，一覺醒來，約翰正靜靜的吸煙，神態安詳地望著我：

「妳睡得真好！像個孩子似的，我不忍心吵妳。」

「……呵，天都黑了？」我睡意猶在。

「已經該吃晚飯了，妳不餓嗎？」他坐到我床邊，撫弄我的頭髮。

「我渴了！」

約翰趕緊走去倒了一杯清水，看他捧著杯子來就我的樣子，我故意賴在床上不起，祇是傾身喝完了他手中的杯水，又躺落枕上對他說：

「唔——謝謝，你真是個好丈夫。」

他聽出我聲音裡有著揶揄，好奇地凝視著我。

「約翰，從今天起你得好好的伺候我囉！」

「為什麼？」

「你忘了嗎？我現在是『美國太太』了。」

聽了這句話，約翰大笑不止，因為過去他曾對我說過，美國女人往往以男人為「奴役」的對象，認為一切均應「女人」至上，尤其是「結婚」，等於給男人拴上一條繩子，丈夫為妻子鞠躬盡瘁是不足為奇的。因此，美國男人多半「敬畏」太座，唯命是從，如此一來，柔順的東方女性在他們眼中，恰如一朵「解語花」，唯有嬌柔的女性美，自然而然成為男人理想的吸引力，那不是美國名廠製造的化妝品所能供給的，也不是流行的時裝表演所能表現的；即使幹練、機智、博學，走在時代前端的新女性，也可能會忽略了這一點點小小的「柔心」和默默的「溫情」，其實去做個全般「十足的女人」，便已經有了致敵勝算的秘訣了。

我很難了解約翰為什麼愛我，但是我卻知道當我們相處，他是快樂地生活著，那種愉悅而滿足的情緒時常流露出來，他說得最多的一句話就是：

「啊，乖，妳真是我的妻子。」

也許情人們相愛，會說千倍於此的甜蜜言語，而這單純的句子，卻包涵了一個做丈夫的真摯的感覺——他有個得意的婚姻。

第二次見到三個女兒，約翰正經的警告她們：

「不能再高再胖了，記著，妳們長得太快啦！」

他甚至慎重的寫信給她們的母親，請她設法規定女兒們的飲食，尤其是老二莎拉，老三克麗絲丁娜，吃得多，長得大，以她們小小年紀看來，似乎發育得太早了，事實上，約翰忽視了一件不可避免的「遺傳學」定例，她們的母親有修長的身材，乍看起來，比約翰還高出半個頭呢！但是，他的苦心並沒有落空，最近的通訊裡，我們都高興得知她們均勻飲食的結果是：體重很平衡。

花一般茁長的少女們，不再是父親懷抱中的小娃娃了，我十分體會約翰微妙的心理，他很滿意女兒們成長得如此健壯美麗，一方面卻有些淡淡的傷感，因為長久以來，他總是把她們當作往日記憶中，長髮柔軟，憨態天真的小女孩，他像是失落了什麼，被時間改變了的，喚不回來的一些事物……。

每次與女兒相聚，最常由伊芙開車回去，或是約翰把她們送至車站搭巴士回家，那一陣子，他心情非常愉快，每件事都令他滿意，在臺灣時的病痛疲乏，完全清除了似的，臉色紅潤，精神飽滿，等到領取了我的美國護照，他又高興地給父母打電話，準備在他生日的前一天回到特里多市，要母親為他烤一種他在兒時就嗜食的甜餅。

特里多在俄亥俄州內，是個純樸的城市，以製造汽車工業聞名，我們的飛機降落在鄰近D市的機場，所以約翰的父母親自駕車來接，我永遠不會忘記第一次見到兩位老人家的情景，那是個陽光普照的晴朗午後，機場的客人不多，剛下飛機，約翰的神情，有些興奮，我們向室內的長廊走去，立刻看見長廊那一端，兩位老人也向這邊走來，步履蹣跚，白髮蒼蒼的嚴父慈母，滿懷歸思的遊子終於相逢了，他們輕喚著，互吻著，眼睛裡都含著欣喜的淚……而我默默立在一旁，心中像他們一樣激動，卻說不出一句話來。

約翰把我介紹給他們，我相信當時他倆真不知如何待我，這樣一個由謎樣的東方的古國，迢遙萬里外，越洋而來的黃皮膚的中國女子，竟會是他們的兒媳婦。

約翰的父親——保羅，頎長健朗，比他的母親海倫年輕一歲，已經是六十七歲高齡了，他的外型像約翰一般嚴肅，但是他一雙充滿柔情的眼睛，流露出他慈祥和藹的內心，我感覺到他第一次看見我的時候，就喜歡我了，這使我提著的心，放鬆了一半，而媽媽海倫則是明顯的好心腸的老太太，她栗色的捲髮依然美麗如昔，她的笑顏何其甜蜜，說話時的神態和聲音，使人很容易想像到年輕時的她，該是如何有吸引力的小女人，纖秀的手足，矮小的身材，有著約翰最喜歡的玲瓏的女性美，他承襲著母親的五官和體型，父親的沉默和固執。

我不得不開始應用我有限的英語，在這樣一個純粹的美國家庭之內，起初我羞怯的，祇能答不敢問，漸漸便習慣起來，爸爸給我鼓勵最大，他把我當作他的小女兒，逗我、哄我，時刻使我淡卻陌生環境所帶給我的不安情緒。

這是美國最普通的家庭狀況，他們三個兒子都已成家立業，留下兩老為「獨立」、「自由」的生活而相依為命，他們雖為兒子付出了青春歲月，卻不像東方人那樣強調「養兒防老」，孩子們也自然地認為父母應該享受他們固有的生活習慣，不想加以干擾，如此一來，形成了「小家庭」式的美國社會，明顯地劃分出時代巨輪所轉動的痕跡，新生的一代前進活躍，暮年人祇剩下夕陽無限……。

約翰的母親雖然年近古稀，體力還很健康，祇是母親的腿部有著常年的病痛，犯起來走動有些不便，她不但料理整個家宅，且精於烹飪，經她親手做的菜點，樣樣都合我的胃口，幾乎使我忘記了身在異邦，每天愉快地享受著以前被我所詛咒的「西餐」，於是害得約翰又開始擔憂我那往上升的體重。

每當約翰禁止我再添一客甜食，老爸爸總是袒護我：

「別擔心，妳該多吃，海倫，妳還瘦得很哩！」接著，我面前必然如願多一份好吃的，約翰祇得衝著我搖頭。

前院是整潔的草坪，後院種了幾種果樹，我去的那個季節，紅潤的蘋果，黃嫩的梨子纍纍成熟枝頭，我最愛吃梨，鮮甜可口，在臺灣很難吃到，而且是熟透以後，才從枝上落下，拾起洗淨立即入口，味道真好，清晨起身，吃下幾枚鮮梨當早點，是我最喜歡的。老爸爸比我們起得早，必定到後院撿拾幾枚鮮梨，留著給我吃，但是，他又嫌我吃得不夠飽。此後，他看我餓了，總是逗我說：

「梨！梨！海倫吃梨不許吃別的。」

約翰帶我步行到隔街沿路去看看，有些地方是他青年時代居住過的，經過一幢很典雅的小洋房，樓上小窗半掩，約翰指著它說：

「瞧！那就是我住的房間，上中學的時代，就消磨在這兒。」

越過街頭，一列短墻後，是他兒時遊樂嬉戲的場所，再往前行，天主聖堂靜靜座落在那兒，約翰凝視了很久，他發現聖堂比從前擴充得更大了。

「小時候，我就在這座天主堂望彌撒，還是唱詩歌的孩子哩！好多年了……」

他緊握住我的手，默默走回來。深秋的夕陽乏力的照著我們相依的影子，高聳的松林吹拂出蕭颯的聲音，路邊不時飄落片片的枯葉……寒意漸漸濃了，回首往昔，景物依稀如昨日，歲月畢竟無情流逝，我想約翰的心頭總會有隱約的感懷，雖然他一句也不曾吐露。

媽媽知道我對約翰往日的情況頗感興趣，她特意從箱子裡翻出了許多「古董」給我欣賞，忽然她笑著叫道：

「海倫，有一樣東西給妳看，你一定喜歡。」

她遞給我一張照片，影中人是一個可愛的男孩子，俯身側面，頭上稀疏的乳毛，兩隻圓圓的大眼睛，胖臉蛋還掛著稚氣的笑容，全身光赤著：祇圍著一塊尿布。

「誰？媽媽，告訴我，他是誰？」我追問著。

「誰？妳看他像誰？」爸爸也笑起來。

「呵——是……是約翰！」我大聲叫喚，而且大笑起來。

真的是他，出生三個半月時所攝。

媽媽把它贈給我，我答應我會珍藏著，這是多麼有趣而可紀念的一張歷史性的照片呵！

約翰沒有姊妹，祇有兩個弟弟，他們都帶著妻女趕來探視遠行歸來的大哥，不用說，對我這個「異國嫂」更懷著幾分好奇的心理，她們各自有兩個兒女，都在稚齡。

大弟恰克外貌偏向父親，他的太太瑙瑪是個很有心機的小婦人，種族觀念很強烈，因此她曾反對約翰娶我，見面後便處處客套，和我保持相當的距離，我也不怪她，她自小在那拘束保守的城鎮上長大，不知「東方」為何物？我又怎麼能要她了解我呢？所喜我們僅相聚了一天，盡歡而散，彼此沒有什麼惡劣的印象。

小弟瓦特與約翰面貌酷似，神情更相像，他的太太喬依絲是個淳厚率直的少婦，熱情友善，喜歡滔滔不絕的話家常，和她在一起，我不必擔心英語不夠流利，因為很少有我說話的機會；她的大女兒仙度拉祇有五歲，小女兒薇姬，相差一年，真是一對人見人愛的小天使，尤其是小的，對我大大發生興趣，纏在我身邊不肯稍離，我生性愛小孩，就把她當做活的大洋娃娃逗弄著，大約在她小小的頭腦裡，也覺得我是個奇怪的玩意兒吧！

八月卅一日是約翰的生日，父母和兩個弟弟全家為他慶賀，遺憾的該是女兒們不在場，但是她們也都送了禮物致意，約翰拍了很多彩色電影留作紀念，盡歡而散時，差不多已經深宵人靜，兩位慈親竟還興高采烈，毫無倦態，又吃了一個豐富的宵夜才去安睡。

我喜歡約翰的故鄉——特里多，它沒有華盛頓那樣雄偉寬廣，沒有紐約那樣繁榮奢侈，它是多麼寧靜純樸，像個篤實善良而可靠的朋友，和它生活在一起，永遠不必緊張，不用焦慮，總是享受一份甜靜安詳的情趣，也許這正是約翰嫌它太保守的原因，他竟遙遠地離鄉背井，飄洋過海到東方來……。

有一次，媽媽問我：

「妳喜歡美國嗎？過得慣美國式的生活？」

「是的，媽，我想我能夠過得慣。」

媽媽歎了一口氣，搖搖頭：

「唉！妳會喜歡美國，反而我要擔心約翰──他總是過不慣美國的生活，我常常祈禱……希望你們回美國來住，中國臺灣，多麼遠……」

媽媽說著，眼圈紅了，老人家的感慨怎能避免？她最疼愛的長子，在她風燭殘年的時分，尚不能承歡膝下……。

儘管美國一般老年人獨立慣了，骨肉至情在所難免，因此，我祇有默默的聽她訴說，找不出一句適當的言語來安慰她。

就寢時，我悄悄問約翰：

「……為什麼爸爸媽媽不和弟弟們住？他們年紀大了，媽媽行動且不便，為什麼竟讓他們照顧自己？」

「他們喜歡這樣的生活，你看七十三歲的海倫姑媽，她不也是一個人獨居自立嗎？」約翰說的確是事實，老爸爸有一位長姊七十三歲，也名叫海倫（海倫是那時流行的名字，我的母親當年在學校也取名海倫），寡居多年，頗有資產，祇生了一個女兒，已出嫁，海倫姑媽獨居在一幢精美華麗的樓房內，她每星期外出工作三天作為消遣，每天親自操勞家務從不假手他人，我去拜訪時，她穿著一襲淡紅色輕裝，真個是「紅顏白髮」，非常美麗的老太太，如果不是親眼目睹，實在不敢相信那幢潔淨美觀，不染塵埃的住宅，完全由這樣高齡的老人親自照管，而且，她硬朗的手指能彈奏鋼琴，能熟練的使用打字機，這些，在中國說來，七十多的老婦人幾乎不可能做到的，回想起我的祖母，七十歲以後，便不愛走動，整天躺在床上，冬天更是足不出戶，她老人家倒是名符其實的「頤養天年」到後來「無疾而終」的。

但是，我的祖母晚年曾享受她合家歡聚的甜蜜歲月，她不懂什麼叫作「孤單」、「寂寞」，美國的老人家們，不能不承認「晚景」太凄情。能幹的海倫姑媽晚餐後常到隔壁看她的老友，她們在一起唯一的消遣就是靜靜的看電視。因為她也是寡婦。

「約翰，我看不慣美國老人固執的『獨立』，這是什麼世界？老年人多寂寞。」我再三嘮叨地：「請爸媽到臺灣來吧，和我們住在一起，我會照應他們。」

「不可能的，乖，妳不懂得美國人的心理，他們並不覺得這是『寂寞』，而且他們不肯依賴別人生活。」

「別人？你是他們的兒子啊！難道不應該奉養他們？」我真的有點奇詫，兩個孤寂的老人，竟不需要親人照顧？

約翰把我的疑慮和盼望告訴了父母，又追問了一句：

「怎樣？爸媽，願意去臺灣嗎？」

兩位老人家似乎從來不曾想到這些，可是他們到底會有些難以言宣的感觸，誰說寂寞淒清的暮年不需要親情溫暖？他們內心渴望，卻又昂然勇敢地迎向殘酷的現實，「獨立」的精神早已深植在他們心中，美國人慣於自由獨立的日子，何況第二代的新人物是超越在時代尖端不斷前進，變化萬端，老人衰頹的體力畢竟是心有餘力不足了，老年人寧願退守自己的園地，要以平靜的心，容忍寂寞的侵襲，默默的消磨餘年……他們不會明白中國人如何尊敬長者，如何孝順侍候父母。

當然，他們說願意有機會來臺灣遊覽，卻無意長住。當約翰提議要他們和小弟瓦特同居，有人得以照拂的時候，媽媽首先反對，她說：

們。」

「呵，天，誰受得了薇姬和仙度拉？妳不知道她們有多頑皮，瓦特又是那樣溺愛她

爸爸一向沉默，竟也開口說道：

「那怎麼成，不用擔心我們，我還可以照顧媽媽，我們也不覺得冷清呵！」

從表面上看來，他們果真對眼前的生活習以為常，安之若素，而我心中仍未能釋念，我自己多年前雙親已逝，不克盡人子之職，如今看到約翰的父母，恨不能好好奉養，略表孝思，何況他們都疼愛我，善待我呢。因此，更增加了離別時無限的憂戚。

在特里多見到約翰兒時的遊伴，中學的好友，他們已是中年人，事業很有成就，我最引為欣慰的，便是他們見了我都很友善，從他們言談顧盼之間，我會感覺到他們不但不反對約翰有個中國妻子，且十分滿意。老朋友們發現約翰這次回美有很大的轉變，據說他比以前「輕鬆愉快」得多了，即使對我是種阿諛，也讓我非常舒坦。他們又拿出二十年前的舊照片給我看，年輕時的約翰比較瘦削，有一頭濃密的鬈髮，現在的他，已經漸漸開始禿了，環顧在座的幾位老同學，影中人的形象變化更大，有的幾乎完全「走樣」了，我雖然掩口失笑，但是心中不免有點兒歲月不留，青春難再的傷感……。

十天，短暫的時光，深刻的印象，使我戀戀不捨地離開特里多市，我始終忘不了

那幢潔淨的小樓房、草坪果樹……隔壁熱情的鄰居夫婦為我攝影，那胖太太摟著我情意殷殷……還有整潔的街道、參天的古樹、動物園各種珍奇異獸……更忘不了臨別的一剎那，兩個白髮老人顫巍巍的直送到登機入口處，一路強忍的悲傷禁不住了，媽媽擁抱了約翰，親吻他，眼淚落個不停，她喃喃地：

「多保重……誰知道什麼時候再見……海倫，妳會照應他……」她過來抱我，吻我，我早已抽咽哽噎，祇會不住點頭，什麼話也說不出，我轉身投在爸爸懷裡，他也含淚吻我……。

「當心你們自己，爸媽，再見……」約翰眼圈也紅了，我知道他十分痛苦，還忍耐地向他們揮手，又扶著我登上飛機，我的眼淚像擋不住的河水，不斷流落，我不肯坐在椅上，趁著機艙未閉，又走到梯口，約翰也跟了出來，遠遠的欄杆前，爸媽相倚在風中，強風拂亂了他們的白髮，他們仍不忍歸去，直向我們揮手……。

飛機終於帶著我們離開了特里多，起飛十分鐘以後，我還禁不住流個不停的眼淚，自己也不知怎麼哭成那樣沒完沒了的……約翰看我如此失常，一路不斷安慰我，到了華盛頓，我還覺得失魂落魄，兩個老人臨風而立的影子久久不散……爸爸保羅和媽媽海倫情愛深厚，老而彌堅，予我印象至深，我對約翰說：

「我真羨慕他倆歷久不渝的愛情，約翰，看見他們甜蜜親愛地朝夕廝守，就會想到將來我們老去……當我的頭髮白了，滿面皺紋的時候。」

「永遠！我永遠愛妳，乖，在我求妳嫁給我的時候，我已經明白妳就是我的終身伴侶，即使妳八十歲，還像現在一樣令我沉醉，祇要妳笑，妳愉快——妳不知道我心裡多麼歡喜，多麼滿足，我覺得我有世界上最好的妻子！」

「不許奉承我——約翰，說你的真心話！」

「我常常想告訴妳，一個男人被妳愛著，祇有一個字能形容——。」

「高興？快樂？」

「那還是其次的，被妳愛著，使我覺得唯有『光榮』才能形容出我的內心的喜悅和驕傲。」

「光榮！」我喜歡這個字，它顯示出妻子在丈夫心中崇高的地位，約翰大約還沒有找出更恰當的字眼來表示他的感受，而我能體會到我們自相識幾年來，彼此間不平凡的戀慕之情，竟不曾被無情的歲月沖淡，確實難得，未來的一切雖難預測，他雙親的美滿姻緣已給了我心理上極大的安全感，那是每個作妻子對丈夫衷心的盼望——與他「白首偕老」。

再度重臨華盛頓，它便不再陌生了；我記得剛到的時候，麥加第先生見我怯生生的樣子，笑著鼓勵我：

「海倫，妳要享受美國的一切，不要緊張不要怕，像妳這樣的中國女孩子在美國什麼都不用擔憂，倒是約翰該小心著妳……」他揶揄約翰，因為我們形影不離，約翰好像怕我走失了似的。

好奇心促使我試試自己適應環境的能力，至少有一部分路途我已熟悉了，於是趁一次約翰和女兒們相聚時，我堅持要獨自出去逛逛華盛頓。

「路不熟，讓我們大家陪妳去吧！」約翰不放心，送我出旅館時還嘮叨地向我勸說。

我知道他是一番好意，便說就在附近走走，不會迷失的，心中不免覺得他也太過分小心了。

秋天的陽光柔和地照著人間，清藍如水的天色，時時吹拂著微風，那略帶寒意的爽朗氛圍，立刻使我感到當地的氣候真像中國大陸江浙一帶入秋的時分……住在臺灣十多年，幾乎遺忘了的感覺，竟在異國客地清晰地映現出來，連呼吸似乎也滲入了記憶中的氣息。我的腳步不覺緩緩的踱上了一列修長的石橋，橋下，不是流水，滿是濃鬱的樹林，景色如夢如畫，遠處有兩個練習騎術的青年男女，輕騎簡裝悠閒地馳過……橋上的風變得強勁起來，呼呼的吹亂了我的頭髮，我這才知道自己竟走上了橋身。

橋，潔淨平直又相當長，祇有汽車來往穿梭在橋上，不見一個行人，車中人時時向我投以驚奇的眼光，可能他們不料在橋上會遇見一個踽踽獨行的單身女郎，而且是黃皮膚的。

想不到徒步過橋，越走越長，當零亂的思緒漸漸平復下來，我才發現過了橋，是一處陌生的地方，路上不斷有車輛飛馳而過，卻不易找到計程車，正巧一輛巴士停落站旁，我無意間便搭上了車。

第一次坐上華盛頓的巴士，開始有些張惶不安，我不知道它所經過的路線，可是下了決心，要定神來看看各處風光，這樣想著，神情輕鬆多了，車子轉來轉去，經過我曾買東西的大百貨公司，我便下了車，信步觀看櫥窗的貨品，不一會兒，我走進一家藥房，美國的藥房不僅出售藥品，大多數兼營百貨，也附帶有精巧的飲食部，我喜歡一種巧克力奶，就要了一杯坐了歇歇腿，喝了幾口，突然有些不自在，似乎有人注視著我，猛抬頭，一個二十多歲青年人在對座，默然對我望著，於是我下意識的站起來，離開那藥房，又連著走了幾家店鋪，買了些東西，我手中已經抱了一堆紙袋，必須找一輛車子代步了。

「我能為妳做什麼？小姐！」

那高大的美國青年走了過來，我一眼就看出他剛才是坐在藥房飲食處的，顯然他跟隨我走了不少路了。

「不，謝謝，我沒事。」我有點兒失措，一個紙包竟然滑落在地上。

他很熟練的撿拾了它，笑著說：「我來幫妳拿吧！」

「謝謝你，呵……我要找一輛『的士』。」我覺得臉紅起來，真後悔不該買那麼多東西，多麼窘人的一刻。

「妳要過街才能找到車，這兒不能走，拐到那頭才成……。妳是初次來華盛頓嗎？」他說著又伸手來拿我捧著的大紙袋，「讓我幫妳……」。

看他是好意的，想想這是美國，別小裡小氣讓人笑話，就索性大膽地請他幫忙找個車，一同向前走去。

「你願意告訴我從何來？往何處去？」

「我從臺灣來，不久就回臺灣去。」

「哦，臺灣？我不知道臺灣在哪裡？但是我猜一定在東方，而且，女孩子都很漂亮。」

我心裡有點兒莫名的惱怒，多沒常識的美國人，連臺灣都不知道。他的阿諛也顯得庸俗。

「──『的士』！」我像一輛車揮手，可是司機並不理睬，一下子飛似的馳遠了，我開始不安起來。

「小姐，我可以送妳回去，妳住在那兒？」

「很遠──」我立定在路邊，等車來。「謝謝你的好意，讓我自己拿吧！再見！」

他的衣著很得體，模樣也算英俊，祇是太年輕了，年輕得使我無法再跟他談什麼，拿過紙袋，我盼望他會走開。

等了一會兒，他竟還呆呆的站在一邊，當第三輛計程車揚長不顧而去，他又走近了。

「這裡空車很少，如果妳不介意，我認為走路更快哩！」他站在我身旁，像是我的老朋友。

「我住在很遠的旅館裡，不坐車不行。」

「旅館？妳一個人嗎？」他的神情很奇特。

「不，我和我的丈夫，他也是美國人。」我冷靜的回答。

這時一輛的士停在我面前，那青年人替我拉開車門，又探頭進來，握住我的手：

「高興遇見妳——我必須告訴妳。妳很美，妳這件衣服非常誘人，希望有機會再見；祝妳好運！」

嘭！車門關上了，我向司機說明了地點，心還在跳著，天啊！我多笨，何必穿這種緊身的旗袍出來現眼，簡直是自討苦吃嘛！

約翰正焦灼地等著我，女兒們也關切地不知有什麼事發生，他說：

「再不回來，我要請警察找妳啦。」

我很難解釋等車的情形，但是我心底暗自呼喚：

「約翰，我的丈夫，我再也不要離開你。」

當天晚上，我把白日的遭遇告訴他，他笑著對我表示這早在他意料之中，我則憤憤不平地慨歎著：

「他不知道臺灣，卻懂得中國旗袍好看，如果美國人認識臺灣比認識旗袍多，豈不更好？」

最後的結論，是約翰決定不再讓我獨自外出。

旅經各國，踏上歸途

離別華府前夕，徐元約夫婦要請我們吃晚餐，約翰搶著做東，臨時徐太太病了，她說胃不舒服實在起不來，他們夫婦結褵十多年尚無所出，我笑說：

「可能是我們從臺灣帶來的喜氣沖的，會不會有孕了？」

「不會吧！如果是的，一定先寫信給你們，真得感謝你們帶來的好運氣！」麥克似乎對做爸爸信心很少，他祇覺得是開玩笑罷了，誰知道回臺灣不久，喜訊證實了，從他們伉儷的來信裡，洋溢著無比的欣喜，我們也感染著遲來的幸福是何等珍貴。這件事，應是旅美期間，一段令人歡喜的插曲。

為了麥克夫婦突然將有添丁之喜，約翰似乎不甘示弱，有意無意間吐露他的見解：

「家裡再多個小孩就好了！我們的孩子一定漂亮……」

「什麼？孩子？你還不夠受嗎？我們司馬家一共有五個女兒啦。」我已經覺得不勝其負擔了，他竟然還想添人口。

「五個女兒，是啊，總該有個男孩吧！」

生男育女這是天命，不料約翰竟有如此陳腐的頭腦，難道女權至上的美國，還有「重男輕女」的舊觀念嗎？

「我覺得女兒個個是我的寶貝，男孩有什麼稀奇？約翰，你真是老頑固。」

「乖，我祇是希望有我們倆的孩子，不管是男是女都好，說來妳會笑我，二十年前我剛到中國來就替未來的兒子取了個名字──舉。」

「司馬舉？」

「是的，司馬舉。那時我還沒有結婚，我想像著我會娶個中國太太，為我生一個男孩子，可是──」

「可是你娶了美國太太，生了三個女兒。」

約翰說話的神態使我想到前幾輩的人物，中國古代相襲而來的傳統，「不孝有三，無後為大」，難道他果真怕斷了司馬一姓的香煙不成？何況生孩子不是買洋娃娃，怎麼能預定是男是女？我故意問他：

「如果我再生下三個女兒，該怎麼辦？」

「那就是天意，我認命了。」

這樣的話，那兒像是出自一個美國人之口？我聽了未免好笑，又覺得他淳厚得可愛，逗他說：

「早知你為了兒子司馬舉而娶我，我才不嫁你呢。」

「妳知道我愛妳，乖，不許亂說。」

「其實我很願意有你的孩子，記得媽媽給我的照片嗎？你小時候多麼有趣，我要司馬舉像你。」

「不，應該像妳，妳好看」。

「不，像你才好。」

說著，我們不禁相視而笑，天知道究竟會不會有「司馬舉」出現？我們談這些，居然若有其事似的，又像孩子般爭論不休。

告別華盛頓後，便開始了我們的歸程，仍是先去紐約，數日間，我們逛了太多地方，有一天名畫家曾景文夫婦倆請我們在一家紐約著名的私人俱樂部吃午餐，曾氏的藝術早已聞名世界，他本人短小斯文，說話帶著濃重的廣東口音，他隨身攜帶了畫冊，碰見合適的題意，即席揮筆，所以他的畫充滿了生趣，當時，我很想請他把畫贈我，怯於初會未便開口，實則家中已懸掛著他的一副素描，曾夫人在紐約非常活耀，她的舉止言談都已經美國化，席間，她拿了一樣禮品送我，打開一看，是一祇很精巧的項飾，可見她是一位何等善於社交的賢內助了，她們夫婦熱愛美國式的生活，更讚美紐約之完美，也許對於從事藝術的人說來如此，我卻不愛紐約。使我難忘的是趕上了世界博覽會，得以盡情的瀏覽這新時代偉大的傑作。

紐約第五街有許多世界聞名的鞋店，我買了一雙甘迺迪夫人賈桂琳所常穿的式樣，麂皮高跟，步行很舒服，當我們參觀了聯合國大廈出來，準備去博覽會的時候，記起一位朋友的勸告，要去看博覽會最好穿平底鞋，不然會累得要命，於是，又買了雙軟底鞋帶著。

我壓制住自己狂喜的心情，置身在那樣廣大的會場間，如入夢幻，目迷五色，各種最新的超現實的設計，充滿著人類高度智慧的藝術製作，處處使我駐足留戀不已，我和約翰都不免歎息時間太匆促，要想仔細欣賞，恐怕要足足耽擱一個月時間，天天來看個夠才過癮，全球各國各人種的心血精華顯示在他們展出的會館內，不論是貧乏的抑是富足的，各自不同地表現著該國精粹美好的一面，真箇是琳琅滿目，美不勝收。於是我們祇能擇其被讚揚最多的，逐一參觀。

本世紀畫壇怪傑畢加索的真蹟數幅，我們在西班牙館看到，另外他們所展出的新藝品，布製的，銅製的，各式廢物利用的……均能巧奪天工，可說是奇妙之至，它讓世人驚歎著西班牙除了鬥牛之外，對藝術的欣賞力及修養，竟是超人一等。

美國幾家資本雄厚的成功企業，如福特公司，他們的會場占地十分寬廣，以自動的轉軸，推出無數嶄新的汽車，供來賓乘坐，轉入了由華特迪斯奈設計的「未來世界」奇景，從開天闢地，茹毛飲血時代，漸漸進入人類想像中未來的世界，汽車上的無線電以四國語言說明情況，車身緩緩行進，活動逼真的模型布置，配上音樂聲響效果，置身其中，渾忘現實，美商不惜鉅資以廣招徠，再加上藝術家們聰慧的頭腦，不能不令來賓歎為觀止，讚不絕口。

有名的美商General Motors會場也是精采絕倫，觀眾蜂擁排隊，晚到一步就得等上半天才進得去，我們時間寶貴，幸虧約翰持有GM優待股東的參觀券，才得從容前往，他不善經商，而這份股票倒是買得頗合時宜。

看完了一部分會館，我已經累得兩腿痠軟，茶室餐館甚至路畔的飲冰機器，都被我嘗試過，仍緩不過氣來，我祇好對興致勃勃的約翰叫道：

「約翰，實在走不動啦，回去吧！」

「不成，中國館還沒看那。」

「何必看呢？聽說中國館太差，我不想去了。」

「我們從臺灣來，不看中國館怎麼成？聽說太差更要看看究竟如何？忍耐點兒，拐彎兒就到了。」他的頑固勁兒我是領教過的，遲早拗不過他，祇好拖著滿蹣跚的腳步隨著他，穿過墨西哥館，香港館，遙遙望見中國館的樓臺一角。

中國館占地雖不廣，外表建築設計卻可稱得上精美華麗，氣勢不凡，約翰很高興看到他最親切的國家所設的館址，在館前廣場上開始攝入電影鏡頭，壯觀的雕樑畫棟，琉璃瓦片彩色鮮豔，龍飛鳳舞，東方大國的情調十分濃厚，我也格外興奮，因為直到那時，好不容易才碰到一些黃種人順眼的面孔，每見到一位，就使我倍覺親切，明知僅僅一面之緣，也有「他鄉遇故知」的驚喜，這份難以描述的情緒，祇有自己才能體會。

遺憾的是中國館貧乏的內容，展出的古物太少，且無代表性，介紹臺灣的設計陳舊落伍，在場招待人員整日偏重於小小的販賣部門，賣出的手工藝製品也不是臺灣最好的，我們特意買票上樓看看敦煌藝術，順便想訪問主持該部的羅寄梅夫婦，不巧當日他們未到場，零落的觀眾使得一位管理職員意興闌珊，最後他竟然躲進了旁邊室內自顧自大唱起平劇以自遣了，我和約翰相對黯然，比起那些整天觀眾排長龍等候在場外的會館來說，中國館確有其冷清的原因。

幾天留戀於世界博覽會，為的是難得有如此巧合，這樣龐大全球性的展覽雖不是千載難逢，機會也不多，所以我寧願回到紐約希爾頓旅館時，累成癱瘓，興致還不減，若不是預定遊丹麥京城哥本哈根，我會再去欣賞哩。

去丹麥的飛機，要在倫敦降落，約翰問我：

「我們計劃中要在倫敦停留一天，妳有興趣嗎？」

「祇有一天？我這樣疲倦那有精力去觀光？不如直接去丹麥算了。」

在紐約消耗盡了體力和遊興，我怕無福以短短一天的時間欣賞倫敦了，何況，季節入了深秋初冬時分，倫敦的冷雨濃霧都是我所畏懼的，於是，我在飛機降落時探首窗前，啊！這就是倫敦，泰晤士河靜靜的橫臥在那裡，古老的建築物、宮院、教堂……另有一番故都風韻，我對約翰說：

「下次，別忘了該安排較長的時間遊倫敦，這次不去，我已經覺得遺憾了。」

在倫敦機場有兩個多小時停留，我們吃了些餐點，就上了飛機，抵達哥本哈根時，天色陰沉，寒風刺人，我帶的冬裝不夠，凍得我牙齒打顫，當時旅客多，旅社少，我們幾經週折才住進了「歐羅巴」酒店，相當豪華，設備也齊全。

天晴時，丹麥全境氣溫都低，乾燥又寒冷，很不習慣，我們在旅社八樓，可以一覽全市景色，附近正是有名的Tivoli公園，夜晚有煙火娛客，公園裡有座中國式的寶塔，頗有名氣，還有一家法國餐館菜餚可口，也是遊客常光顧的去處，我們除了遊覽公園之外，又參觀了哥本哈根唯一的國家藝術館，陳列的藝術作品大半是人像雕塑，許多名家作品都收集其中，使我們覺得真是不虛此行。

丹麥是歐洲小國，可是，那出奇潔淨的街道，樸實典雅的民風，都不是一般歐洲國家所能比擬，我們特意嘗試了丹麥釀製的啤酒，聽說當地啤酒廠。每日可出產兩百萬瓶，是國家主要資源之一，其次在丹麥可以吃到各種製法不同的「起士」乳酪，有的氣味很重，普通東方人不敢下嚥，我倒是很欣賞，因為牛隻盛產，所以皮革業也發達，我和約翰各人選購一件剪裁品質都屬於上乘的麂皮外衣，價錢雖然不賤，比臺北委託行裡的貨色要精美多了。

歐洲的景色，比美洲多一份蒼涼悠遠的感覺，尤其是丹麥的初冬，哥本哈根幽靜典雅的風物，處處使我回想起莎士比亞筆下的不朽名著《哈姆雷特》，他所描摹的血淚故事，背景正是丹麥故宮史蹟，想到這些，心情會突然沉重起來，敏感地顯得憂悒落寞，自己也覺得未免太「善感」，這不正是替「古人擔憂」了麼？但是，那一抹凄涼，卻長時間的占據我的心靈，直到登上飛阿拉斯加的飛機。

德航的噴射客機相當豪華精美，可惜我無心享受機上的美酒豐餚，旅行所帶給我的睏乏，在靜止的機艙內，使我祇餘下睡眠的興緻，前座有個空位，我便向空中小姐要了枕頭毯子，橫下身來蒙頭大睡，隱約我聽見約翰曾喚空中小姐給他一杯咖啡。

睡下去的時候，夕陽耀眼，醒來天已經快黑了，一陣刺激食慾的香味撲鼻，我猜想該是晚餐的時間，坐起一看，約翰正面對著一盤豐富的餐點，邊吃邊笑著問我：

「睡得好嗎？餓不餓？」

我並不感到需要食物，見他吃得津津有味，也想嚐嚐，於是我回到他身邊的坐位上，小姐送來一份給我，我開始吃東西，高興地問約翰：「天黑了，快到了吧？」

豈知他聽了我的話並不立即回答，半響，他卻一本正經的對我說：

「乖，妳不要怕，我們現在要晚幾小時到達，妳熟睡的時候，引擎出了毛病……」

「什麼？你說我們的飛機有毛病？」

「起飛不久，我就發現飛機改了方向，當時乘客都不注意，我叫空中小姐來問她，她說有一祇引擎臨時故障，無法修復，所以駕駛員改飛德國——」

「德國？我們現在去德國？」

「是的，因為他們的工廠在德國Frankfort，妳知道飛越北極需要很安全的飛機，他們一定得小心。」

提起了北極，我心裡往下沉，有生以來，我厭惡冰雪嚴寒，起初旅行計畫中列入了過北極，我就極力反對，可是拗不過約翰：

「難得有這條航線讓我們見識北極的景色，如果妳不喜歡，祇去一次，不再去第二次就是。」

我們沒有計畫去德國，但是我們竟在飛往德國上空，我不禁憂慮萬分，一點興致也沒有，開始埋怨他：

「都是你，要看什麼『北極』，這下子糟了吧？萬一……」下面的話，我說不出口，雖然我相信命運，而身在萬呎高空上，一切不由自主，除了聽天由命之外，我更忍不住怪他不依著我的原意，循著老路線由舊金山、夏威夷回家。

滿肚子窩囊，又戰戰兢兢的終於到了Frankfort。

這是西德南部的大都市，我們降落時正值黑夜，看不見當地的風景，祇停留在機場等候修護再起飛，機上有不少日本乘客，他們多半在降落時才發現到了德國，也就來之安之，在餐室大嚼一頓，機場的建築相當新型壯觀，布置也堪媲美世界大都市一流的設計，尤其德國高超的工業製品，精密的儀器、照相機、手錶、鋼筆等等，加以名廠藥品，稱霸全球，處處顯示出西德戰後飛躍的進步，僅在機場陳列的物品，就足以窺其全貌，於是，倒使我覺得不虛此行了，約翰也認為最好能停留一兩天，可以帶我到各處看看，免得我再埋怨他，想不到換引擎需時不多，兩小時後，我們便開始飛向阿拉斯加的航程了。

從德境越北極上空的一段飛行，該是我終生難忘的，沒有字句能形容那奇異的感覺，那難耐的一分一秒，真像是長夜一場驚怖的噩夢，明知一切都屬自己心中的幻景，而思想起來，至今猶有餘悸。

小時候，在地理書上得知北極的常識，印象淺淡，如今徹夜飛行其上，好奇心促使我時時憑窗觀望，那時刻天色將亮，機上除了空中小姐，大半的乘客均在夢鄉，朦朧間，我聽見約翰使用刀叉的聲音，仰頭一看他又在吃東西，見我醒來帶著懷疑的眼光，便說

「我睡不著，有點兒餓，先吃些。妳快起來看——這就是北極！多美麗……」

我起身拉開窗帘，淡淡的亮光反射進來，俯近窗前，祇見天灰灰，地冥冥，天地之間一條殷紅如血的赤線，好像太陽就要升起來，漸漸的，略微亮了些，太陽的球體尖端露出了慘慘的金光，那一剎時，我們看清了北極的面貌，千奇百怪的冰流凍結，重疊交錯，高山懸崖，一片冰冷世界，那色彩單純得令人膽寒，黑的、灰的、白的，毫無生機

地凍僵、靜止、屏息……億萬年來，永恆的靜默，永恆的死寂……陽光祇有那麼悄悄驚鴻一瞥，就沉落下去，天地間的赤線漸漸淡化……於是灰灰的天色更凝固成鐵青，地面的冰雪深沉蒼白，如同敞開的地獄之門，陰森可怖……

「多可怕！約翰，多可怕的地方……」我禁不住低呼著，但是，約翰卻與我有不同的感受，他竟以愉悅的聲調，望著窗外一切，對我說：

「妳不覺得美麗嗎？多好看得景致，多美麗的顏色……妳為什麼覺得怕？」

我真恨他有這樣古怪的看法，也不想辯論，蜷伏起身子，蒙上臉，但願忘卻眼見的景象，越是怕，越是想，越想越怕——也許飛機突然又壞了一隻引擎，跌落下去……什麼都完了，不死也會凍死呵。葬身在這樣奇怪的地方，未免太悲慘了……臺灣多麼美麗，長年青翠溫暖的海島……臺灣……孩子們……親人、朋友……許多可愛的臉，歡樂的、微笑的……都不在眼前——就這樣完結了麼？

眼淚汩汩的流出來，隆隆的機聲掩去我抑止不住的嗚咽，我真是那樣傷心的哭著，失望著，約翰竟以為我安睡哩。

我等待著天亮，而時間過去，天色越來越黑，北極是不會有白日的，到了阿拉斯加的Anchorage，正是午夜時分，休息一時就要飛向東京。

Anchorage不久以前正遭到大地震破壞，機場附近還可以見到殘垣斷瓦，景色很淒涼也許加上我自己憂愁的心情，我祇感到「歸心似箭」，對任何景物都失去興趣，恨不能一腳踏上臺灣的土地，約翰感到我的落寞，陪著小心地問我是不是不舒服，又安慰我說：

「想不到妳這樣難過，現在北極已經過去啦，我們絕不再來就是，高興起來吧，到東京妳就會忘記這些。」

抵達東京，都市幻麗繁華的景色並不曾使我再度興奮，我膠著在苦苦思鄉的情緒，連著幾次友人歡喜酬酢之後，我倚在約翰身邊，遙望銀座閃燦多彩的燈光虹影，輕輕的對他耳語著：

「東京確實是迷人的——可是，我想回臺灣，那兒才是我自己的家。你懂嗎？走遍了那麼多地方，我什麼也不要，祇要回家！」

他費解地望著我：

「我們早計畫在東京停留一個星期，妳不想玩了？」

「是的，我不想多留一分鐘，約翰，明天有飛機去臺灣麼？我要回去！」事實上，我怕掃了他的遊興，可是我的聲音竟那麼堅定果斷，出我意外的是他竟也像隻倦飛的鳥兒，想要回巢休息了。

「你為什麼不早說？我祇怕妳玩不夠，東京很多地方還沒去過。妳想回去，隨時都可以走——我更想回家好好的歇幾天。」

然而，我們回家歇不了幾天，《臺灣日報》便開始要我寫這篇文章。旅途的勞頓，飄忽的心情總算漸漸平息下來，畢竟生活在自己熟悉的土地上，妥貼又安詳的氛圍，使我恢復了正常寧靜，而陸續在筆尖下留落的往事，卻又無意中撩起幾許淡去的回憶……世事如春夢，滄桑變幻不可捉摸，人生原是難測的呀。

「我可能是世界上唯一的丈夫，每天要讀完報紙，才知道自己妻子心裡想什麼？」約翰略帶抗議的口吻：「妳知道我是妳最忠實的讀者嗎？」他眼睛裡閃著愛意。

「是的，謝謝你，但是——」我攬著他的頸項，笑著說：「你不知道你更該是我唯一的，我的『忠實』的丈夫嗎？」

編案：〈我嫁了一個美國丈夫〉原發表於《臺灣日報》第七版〈臺灣副刊〉，每日連載，共九十六篇，於民國五十四年二月十七日刊登完畢。

餘緒

藍明小說〈我嫁了一個美國丈夫〉的末尾寫著，司馬笑先生每天要讀完報紙，才知道自己妻子心裡想什麼，就略帶抗議的說：「妳知道我是妳最忠實的讀者嗎？」作者回答：「你不知道你更該是我唯一的，我的『忠實』的丈夫嗎？」

小說寫出了他倆歷經波折，衝破當時社會及文化的種種禁忌，而終於成婚，並幸福地廝守了四十幾年，司馬笑先生，以其終生不悔的真情給出了肯定的答案，留給藍明無盡的感謝與不滅的思念。摯愛離世後，她曾暗自寫下：

已經沒有你／日子太難過／不僅心已碎／失魂又落魄
你說你愛我／何不來看我／生離終有盡／死別太殘酷

二〇一二年十一月間，落地窗外是車水馬龍的臺北街景，坐在窗內的藍明靜靜看著這紙條，低頭不語。因編者的詢問，藍明隨即收起，害羞地說：「你讀了可別笑我。」

這是一對寬厚相待，從不爭吵，終生恩愛的夫妻。

如文中所述，司馬笑於亞航工作結束後，他們回到美國，孩子們都長大了後，夫妻兩人住在聖荷西，開了一家冰淇淋店，藍明說：「那是我故意開的，因為我知道John喜歡吃冰淇淋，他每天下班後過來，幫忙處理帳目，順便就吃吃冰淇淋。他好愛吃甜食，不過，一直沒有糖尿病，這倒是不錯。」

當時大女兒陳靖已在美結束學業，就職於冰淇淋店附近的IBM，陳靖補充說：「冰淇淋店的生意相當好，而且我媽媽還賣牛肉麵，親手做的，非常好吃。」店內也賣豆子湯，以司馬笑的姓Bottorff為湯命名，「那是我和John的母親學做的！」

藍明熱愛寫作，這段期間，照顧店內生意的同時，「覺得自己被綁在店裡太久了」，總是在下午抽空在櫃檯後寫寫短文，不時有文章發表。多年後，因緣際會，帕洛斯佛迪市（Rancho Palos Verdes）的一家美國銀行舊址正好要頂讓，夫妻倆人決定遷往該城，經營金荷園（Golden Lotus）餐廳。

帕洛斯佛迪市臨海，陡峭的海岬，聊遠的汪洋，景觀壯闊。「John看了就同意搬過去了，他雖然沒說，但我知道他是因為我喜歡海。」

金荷園店內裝潢由藍明打點，粉紅的桌布、翠綠的餐巾，是荷花與葉的顏色，呼應店名。因菜色美味，生意極好，名氣很快傳開，鄰近遠道的賓客不絕。

夫唱婦隨，忙碌經營金荷園十多年之後，夫妻萌生「退休」之意。婚後第三十四年的母親節，司馬笑親手做了一張「世上最好的母親」獎狀，裱框後，默默掛在牆上，等著兒女們回家和母親過節。藍明看了只是笑，「他就是這樣，常搞這些把戲。孩子們都已經習慣了。」

藍明愛海，司馬笑則喜歡山，餐館結束後，兩人搬往拉斯維加斯，可遠眺內華達山脈，過著比較輕鬆的日子。夫妻倆相互尊重，從不爭執，經常形影不離，也各自擁有讀書寫作的天地。

藍明八十歲生日當天，詫異著有個西裝筆挺的年輕男士，捧著一大束玫瑰花站在大門外按門鈴，然後穿過花園走來，把捧花和車鑰匙交給她，祝她生日快樂。她嚇了一跳，原來又是丈夫的安排，送了一輛黃色的金龜車作為生日禮物，只因為不久前在街上見到這款車時，她讚美了一句：「這車子好可愛呀！」

「我年紀這麼大了，還開這種金龜車，唉，我能說什麼呢？……我這輩子開過好幾輛名車，都是John買給我的，只要我看到什麼東西，眼睛發亮，他就默默地買給我，我後來看東西都非常小心，即使喜歡也不敢多看。」嗓音依舊保有磁性而柔美的藍明繼續說：「他對自己很節儉，卻為了我亂花錢，他呀，是天下最傻瓜。」

幸福的歲月，帶來無限動人的回憶，也帶來追念和哀傷。

司馬笑於二〇〇八年八月六日在醫院病逝，享年八十六歲。藍明整理雜物時，發現一封司馬笑於二〇〇四年情人節寫給她的情書。

To my beloved Helen,

As I've told you many times, I adore you. You are the center of my life, the reason for my existence. We have been together now as a married couple for 39 years and I have never had a day, a minute, of regret.

What first attracted me to you were your eyes, so large and expressive. They can show love, anger, excitement, contemplation, disappointment and any other expression. As I got to know you I discovered you have a real intellect, interested in literature, music, art, history and other intellectual pursuits. I found you excel in any endeavor you try: roller skating, calligraphy, stage acting, writing for publication, painting, raising children and many other activities. I discovered you have principles such as: never owe anyone anything, always return a favor, do not buy anything you don't need, be willing to pay what is necessary to obtain what you really need, for daily necessities compare prices and get the lowest.

All this proves you are a truly superior person, a woman I can only adore. If this is true, why did you marry me, a man with many obvious faults? The only reason I can think of is that you fall in love with me. This is proved by the many things you have done for me such as knitting sweaters, going to Tainan with me, giving up your career, coming to America, working with me at the ice cream parlor and two restaurants. Nowadays you watch over me to keep up my health. You have certainly proved your love for me!

I try to come up to your expectation of me. I could never become angry at you. After more than forty years my love for you is very deep and everlasting.

May we continue in love forever.

♥♥♥♥♥♥♥♥♥♥♥♥♥♥♥♥♥♥

Your John

把信錄在這裡，讓讀者看到司馬笑對她的愛，也見證他倆婚姻的美好永恆。

輯三●藝文懷思

臺南舊事

聖荷西的五月天，正午炎烈的陽光照著，令人炙熱目眩。我家後院泳池水碧清綠，沿池石畔，點綴無數鵝黃的無果草莓花，夾著粉紅色的野菊，叢生特立的天堂鳥，非常美麗。坐在池畔躺椅上，由垂下的竹簾射過光芒的日影，輕風拂過一陣花香，一陣鳥語，這情景，卻都使我想起臺南，想起我的可愛的「白屋」和庭院……。

我並不喜歡臺南，不知道為什麼竟十分想念它。

為了婚姻，約翰辭去他的工作，十三年之久的美國政府官員頭銜就這麼丟棄了，他接受了臺南亞航公司的聘請：

「不知道妳肯不肯住臺南？」他問我。

那時的臺南是小地方，一向住慣了都市的我，卻不加思索的說「願意」，以他為我所作的「犧牲」，即使天涯海角我應無所選擇，無所苛求，乃使我不能不說「願意」。

遷居臺南的那年，我以為是短暫的，不料一住竟是十年，人生十年不算短，十年中的一切，深深的印在我心上。如今回想起來，已是飄忽如夢幻了！

初抵古都臺南，到處有紅花似火的鳳凰木，點綴得十分詩情畫意，我寫信給一位朋友，他曾預言我不會有耐性久居在臺南，我說：

「……我愛上這些鳳凰木，細緻的葉浪，火紅的花海，能把人冰冷的情緒燃燒……多麼美麗的樹！」

我婚後第一幢房屋的小院門內，迎面便植種了一棵碩大無比的鳳凰木，正像一把火紅的花傘張著。把那小小的洋房擁擠在一角，顯得更狹小；園中其他的花木照不到陽光，竟都相繼枯萎了，秋天，鳳凰木的針葉蕭蕭落下，整天落著，永遠掃不盡的落著……，令人心煩意亂，不多久，我便計劃蓋一所屬於我自己的房子，那就是「白屋」。

「白屋」，是我自己撰名的；由於它的外牆全部噴上純白色，除了紅磚砌成的壁爐煙囪外，整個建築都是白色的，那麼耀眼眩目的純白，在臺南長年多日光的藍天下，分外的引人入勝。

包工名喚郭德發，他是個短小精悍的傢伙，破土動工的日子，帶領著他的妻子和全體工人班底，上香拜祭，請地上諸神讓位，看他虔誠的神情，不由你不信那片野草叢生的地下，真是幾位道貌岸然的神祇居處，我們這批凡人竟想入侵祂們的地盤，實在是罪過。

破土以後，進入了工程時期，那真是名符其實的「大興土木」，我的約翰對建築一向有興趣，下班回家或是有片刻空暇，他小心仔細的監視指導工程進行，一磚一瓦，水電管路，選用最好的材料，一點也不能馬虎，因此，「白屋」不但外在美觀，內裡更是考究，當時我見他一絲不苟，不免有些不耐，信口說：

「唉，何必那麼講究？蓋得多好又不是住一輩子！」

他不回答，仍然我行我素，終於我自己找到了答案，原來這是他的本性，凡事求其「完美」，一板一眼決不含糊，祇問耕耘不計收獲，他的性格一向是如此頑固的。

我們眼見著平地起「白屋」，不到幾個月，工程進行相當順利，鋼筋水泥雙磚的厚牆，堅固結實，白色水泥磨石地面，配上黑色部份圖案，閃出大理石一般的光潤；由於臺南夏日漫長，特意把屋頂升高，兩側窗戶儘量放寬大，便於空氣的交流，不需用冷氣裝置，又可感覺到清涼暢快的室溫，客廳原計劃用落地窗走進庭院，但顧忌到宵小安全問題，不得不縮短長度，變成一面碩大的鑲上鐵欄的長窗，雖不能用來進出，卻能把庭院一角的風光，一覽無餘。簷前，一排白色鋼骨水泥的花架，植下三種不同顏色的九重葛，在南臺灣煦和的氣候下，短時間內即爬滿了架柱，花開時節，一片深淺嫣紅，襯著白牆，煞是好看。

庭院北角，我以竹枝搭成一處蘭花棚，多半是朋友所贈以及我隨時購買的，大大小小，有名種有閒花，總有一百多盆，春來時份，清香撲鼻，花影浮動，愛花的人怎不沉醉其間呢！

「白屋」二樓僅有臥室兩間，前後寬敞的短窗和長窗，使對流的空氣永遠清新，而每間臥室推門而出，便是一處極大的陽臺，登上陽臺，下望茂密多花的九董葛，左方遠處空曠的一片臺糖園地青翠蘊藉，雜著幾株不知名的樹木，在藍天白雲下，就是一幅極美的圖畫；由於「白屋」的建築特別高，得以享有「居高臨下」的風光，在當時的臺南，也算是僅見的了

為了防患未然，我們加裝了地下水的設備，臺南自來水在夏日時常供不應求，而我們從無斷水的苦惱。我從美國房屋建築學習到廚房的型式，不但符合主婦的需要，四壁白瓷磚也更易於清理，保持美觀，所以「白屋」的廚房是美式的，甚至更高廣舒適。

來訪的友人總是欣賞「白屋」獨特的色彩，洗浴間所採用的淡綠色是當年風行的，我從臺北南陽街經售新型盥洗用具某公司，選了十分流線型的一套，工人極小心的裝上，在十八九年前的臺灣，即使是臺北也稱罕見。

我不會忘記工程進行到上大樑的一刻，郭德發又是率眾焚香禮拜，加以我們一位研

究道教的西洋朋友，他不知從何處找來一面張天師的符，一定要我們貼在樑上：

「這是天師親自祝福過的符，保佑你全家平安的！」

口氣有一股虔誠之意，如何能拒絕？約翰爬上屋頂，真的端端正正的貼在樑木上，轉頭一望，居然還掛著個大燈籠呢，燈籠上插有幾枚大釘子。約翰笑問：

「啊，這燈籠做什麼的？」

郭德發黝黑的臉上，油亮的一對小眼睛瞇瞇的笑起來：

「先生，那是要求菩薩保佑你家添丁」啊！臺語燈與丁諧音。

「那為什麼插上釘子呢？」我忍不住問他。

「太太，這是保佑妳『出釘』啊！『出壯丁』就是了，哈哈哈！」

我和約翰相視大笑，當晚請所有工人大吃一餐，定名為慶祝「上樑大典」。

無論當時的拜拜多麼誠心誠意，天師和佛祖可都沒把我們放在眼裡，一個丁也沒出！

終於，燃放一串小小的紅炮竹，隨著炮竹聲，我們遷入了新居。

亞航的同仁相當多，發請帖不免有遺珠之憾，而賀新居的人又絡繹不斷，以兩天兩批分開請，還是忙得我團團轉，幸而請來美軍俱樂部的侍者幫忙，由他們打點一切飲料餐點，才算勉強的應付過來，心裡一直覺得對朋友們的盛情有「招待不週」的歉疚。

在「白屋」住的時代，臺南歷任的市長有葉廷珪，林錫山，張麗堂。記不清是那一位市長下令砍伐鳳凰木，縱使鳳凰木除了供觀賞外，一無是處，但它是古都臺南的一種標誌，一種特殊的風情，砍伐之餘，就難得一見紅花燃樹的景色，而每次偶然發現一株，我總會痴痴的徘徊樹下不忍離去。

幸而，新任的市長蘇南成曾鼓勵市民種植鳳凰木，要藉此恢復「鳳凰城」的美譽，真值得喝采！

予我印象深刻的老市長葉廷珪，很得民心，連獲兩任，當我的「白屋」落成，而通往大同路的榮譽街尚未修護，坎坷泥濘，巷口狹窄很難通行，葉市長親自陪著我步行該區實地視察，究竟他是否付諸實施，倒難證明。葉廷珪常用日語交談，宴客時，三杯下肚面紅耳赤，往往興致奇佳，當眾高歌一曲，四座皆歡。他的官邸是一所日式房屋，園中養了不少白火雞，逢聖誕節時，總會送來活生生的肥大白火雞，有一隻碩壯無比，竟展翅飛到樹梢，費了少功夫才捉將下來，從此，見到活火雞就使我心驚肉跳。起初，葉市長喪妻未娶，有女兒葉秀英在身邊，不久忽然來了一位日本女士，社交場合帶出帶進，儼若夫婦，我們都以為他要請吃喜酒，很是為他高興，豈知最後毫無下文，那位日女悄悄離臺返國，一段情緣就此消散；我們來美之後，閱某報載葉市長病篤時，該日女多情，專程赴臺見他最後一面，也算是他波折一生中，感人至深的終曲了。葉廷珪在臺南市井小民心目中，畢竟不失為頗孚眾望的一名公僕。

約翰任職亞航副總經理，必得與地方官員、政府首長時相過從，同時，中美雙方的代表人物也需維繫密切，對方每隔一段時期新舊交替，譬如美軍方面屢次更換司令官，中國空軍則更換聯隊長，陸軍則是警備司令，警察局長等等，而我們都是以「不變」應「萬變」，好不容易與這一位建立了良好的公私情誼，他卻要下臺而去，走馬上任的新官又要從新結識起，若是碰到「正常」人物，不成問題，難免會有性格怪異，格格不入的當權者，常使我們徒喚奈何，幸而運氣不錯，這類煩惱尚是絕無僅有的。

「白屋」的座上客，多半是談得十分投機的朋友，最難忘的幾位有：南部地區警備司令宋邦緯將軍，天主教主教公署的成世光主教，他倆不但慈祥愷悌，風度翩翩，談吐之間更見學識淵博，品德卓越，十數年來，我們始終保持聯繫，從未間斷。

成世光主教寄來《天人之際》的大作，使我欽佩他不僅是傳教者、神學家，他更是一位具有悲天憫人的心懷，執著於「儒家」思想的學者，書中的每一章句，都對修身養性有莫大的裨益。前些時，聽說他腳部關節疼痛，但願他已經康復，不知何日再來聖荷西舍間一聚，思想起來，不無悵悵。

宋邦緯司令是徐蚌會戰的英雄，典型的軍人本色，他在臺南期間，清晨四時即起，便服簡裝走向民間，大街小巷各處巡視，因此，他最明瞭地方情況，為了早起，他必得早睡，熟知他生活習慣的朋友，均將宴請他的時間提早，以便他按時就寢，更不致妨礙他的公務，相貌堂堂的宋司令「解甲歸鄉」，正在臺北含飴弄孫，安享晚福，回憶臺南諸多好友早已星散，宋大哥的身影，更是難忘。

臺南警察局自李正漢調去臺北後，繼任的是張廣恩局長。張局長豪爽直率，燕趙男兒氣概，那時我們若去張府歡聚，座中心有成主教、宋司令，以及臺南稅捐稽徵處的蔣灝處長，酒過三盞，大夥興致好，拉起胡琴清唱一番，約翰不會京戲，居然搬出他唯一的中國歌「鳳陽花鼓」，荒腔走板，令人絕倒，我不等他唱完，早已笑彎了腰。唱功最好的應該算是蔣處長，中氣十足，韻味無窮，當時正是他新婚燕爾，帶著他年輕美麗的夫人，其樂融融，曾幾何時，竟傳來突然病逝的噩耗，能不感到浮生如夢嗎?

張廣恩夫人是位賢淑秀麗的婦女，她能做一手可口的好菜，特別是一種肉末油餅，雖說是一般的絞豬肉及蔥花做成，但風味特佳，百吃不厭，至今猶有餘香。張局長有一特殊忌諱，他最怕看見任何一種圓形的、亮晶晶的東西，凡是這種形狀的，他立刻翻胃不舒服，譬如魚的眼睛、水晶球體、玩具彈珠等等，究竟為何如此，倒是個「謎」。相識不久，他也就被調往其他縣市，難得再見了。

臺南地方小，亞航乃屬相當龐大的機構，幾乎無人不知臺南有個「亞航」，當時正值全盛時期，員工約近五千人，約翰的職責範圍很廣，也等於介乎中美國際間各方交涉，除了對飛機的修護他全般是「外行」，可說行政方面倒是頗具佳評美譽的，總經理魏思悌（Wueste）非常器重他。

也許是巧合，魏思悌對司馬笑（John Bottorff）娶了中國太太時常表示欣慰。當時，在亞航工作的一位年輕女員工，她面貌甜美，身材高雅，雖是榮民家世，英語很流利，不久即和魏思悌傳出相戀的消息，很快有了熱鬧的婚禮，我們都高興地為他倆祝福，想不到「亞航」的兩位美國領導，居然都有了中國太太，當年也算是少見的新聞了！

「白屋」落成後，魏思悌與夫人易蜀明（Lillian）來過很多次，常常讚美這是臺南的「白宮」，倒使我愧不敢當。

接著幾年我確實享受了生命中僅有的「慵懶」，約翰有規律的作息時間，家中請有管家史太太管理家務，廚師老楊燒的菜都是約翰愛吃的口味，花園有兩位園丁整理剪枝除草，我要外出，尚有司機開車接送，算得上是相當優裕的生活了，尤其隨我左右的兩個小女兒，端（Iris）竑（Bridget）住進「白屋」十分快樂，約翰把竑兒送進美國學校就讀，端兒不願去，祇好由她繼續搭車去高雄讀文藻專科，畢業後使她學有專長，會計理財處處都需要她。

天有不測風雲，約翰在美養老的父親保羅（Paul）突然病逝，母親海倫（Helen）茫然失措，約翰問我：

「我想回去接媽媽來臺南住一時，妳同意嗎？」

我內心早有這種想法，居然他先問我，我清楚地記得他的雙親見到我時那種親切熱情的表示，分離時對我依依不捨淚眼相望的情景，我禁不住哽咽地說：

「約翰啊，你不必問我，我愛他們……你知道，趕快接媽媽來吧！」

不久，約翰的母親到了臺南。

怕她不習慣走樓梯，就將樓下的書房佈置為她的臥室，她高齡白髮，卻仍是雍容秀麗的老太太，臺南的朋友們都得知她的訊息，接二連三宴請不斷，尤其是警局外事室的主任，親自邀請她參加舞會或餐聚，使這位不懂中文不曾到過東方的老人樂不思「美」了！

當時臺南成功大學校長羅雲平和約翰時相過往，有一次邀請我們吃飯，說要介紹一位名人相見，想不到竟是我久已心儀的大師林語堂偶然訪臺南，席間，他知道我的外祖父是帝師陳寶琛，就談了很多有關的舊聞故事，這真是我未曾預料的一生一世的幸會。

約翰送母回美已是半年後的秋天，想不到她有一天在家中突然無疾而終，坐在椅子上長眠不醒，生前曾經歷了六個多月「白屋」的臺南生活，也算是難得的福份吧！

父母雙亡的約翰心情很差，加上中美建交的新聞，他似乎每天長吁短嘆，食不知味，突然對我說：

「乖，我們在臺南快滿十年了，妳願意回美國過退休的日子嗎？在美國的親人都在等我們回去不是嗎？」

搬家談何容易？而我深知約翰的性情，他必然早已胸有成竹，才作出這麼重大的決定，我不禁黯然神傷地望著我們辛勤建造的愛巢「白屋」，一旦遠離，將是何等淒涼的難忘？這麼樓房亭院是我們在臺南幸福婚姻的回憶啊！

終於，約翰向魏思悌上了辭呈，去意堅定。

想不到魏思悌夫婦竟願買下我們的「白屋」。

幾乎是市價的最低數，半為贈送就轉手了，約翰知道我心仍難捨，委婉再三勸我不要介意，他強調：

「『白屋』有了喜歡它的主人，豈不是比陌生人多金來買去更好麼？況且魏思悌也不是大財主，讓他分期付款不添麻煩，我也安心些，好朋友互相幫助豈不更好？」

約翰的見解我無法反駁，他一生忠黨愛國，對國家的付出我深深地感動，而最使我無法動搖的是他為我而作的一切事蹟，我相信，他領著我和孩子們前進的路即使很遠，但必定是一條正確的大路，前途光明！

去聖荷西是我大女兒靖工作的地方IBM公司所在，還有我的舅舅陳立鷗在當地大學任教，好多好多親友都等著我呢！

不論在天涯海角，我忘不了臺南和白屋。

編案：本文是藍明初到美國聖荷西所寫，一直並未完稿，行文斷於「約翰的職責範圍很廣，也等於介乎……」時隔數十年之後，藍明於本書編輯期間拾筆續寫，語氣連貫，一氣呵成，猶如回到從前。

孤忠傲骨一詩翁

——謹記我外公「帝師」陳寶琛事略

移居海外十餘年來，生活一向是平靜的，不料〈末代皇帝〉一片問鼎奧斯卡，一連贏了九項大獎，真是氣勢如虹，轟動全球，連區區我都受到了波及。

先是「美聯社」記者得知「帝師」陳寶琛的外孫女在加州Palos Verdes居住，發布了一篇電文，突然間，使我成了各報追訪的對象。《洛杉磯時報》（L. A. Times）派了記者Sebastian Rotella跑來專訪，Daily Breeze記者Verne Palmer也要求訪晤，這兩家都是發行最廣的大報，記者亦具盛名，祇好俯首受訪；不久，中文《世界日報》的採訪主任一再打電話來，她也希望能夠約談一次，在無法堅拒的情況下，我提供了自己珍藏的幾張舊照，也談了些我所知道的外公的故事。

各報均以醒目的版面，報導了末代帝師的「新聞」，由於影片廣泛傳播作用，「古人今談」，引起無數讀者的迴響，美國朋友更以一種探索神秘的眼光打量我、詢問我，對我的家庭背景產生了莫大的興趣。

幾次閱讀報上的文章，總使我覺得有千言萬語梗在心懷，我將如何使世人得知陳寶琛真實的為人秉性呢？我將如何讓電影中的送蟋蟀給小皇帝的老先生，不被認作是位無足輕重的冬烘或小丑呢？何況，影片上他像個風前殘燭、一目半眇，演員的選擇不當，破壞了我外公真實的形象……乃使我起意寫這篇文字，也正是對我的祖先表示一點由衷的敬意。

我的外公陳寶琛有許多名號，聞名的是「弢庵」，人稱「弢老」，字伯潛，又叫橘隱，晚年自號「聽水老人」及「滄趣老人」，這是由於他所建的「聽水齋」與「滄趣樓」而得名的。

說到外公的聲名遠播，今人所知僅是溥儀皇帝的師傅而已，實則他老人家聰慧傑出的根基，乃是緣自他有一個極為出色的家族淵源。古人常說的「簪纓之家」，他的曾祖陳若霖公，是乾隆廿五年的進士，歷任兩廣、浙江、雲貴、四川總督兼成都將軍、工部尚書、殿試閱卷大臣等要職，真是文武全才，陳家發跡，就由若霖公開始。

若霖公的兒子陳景亮功名也可觀，曾做過雲南布政使，到了外公的父親陳承裘，也是官至刑部郎中，功名不小，另外的諸多陳姓子侄都是榜上有名的人物，到外公的朝代，他的氣魄與大志，更是其中翹楚，無人能及，無怪在螺洲老宅中，至今仍懸著「父子兄弟叔侄同榜進士」的橫匾，正中是「世進士」的大字，可見外公的優秀傳統，是與生俱來的孕育在世代良好的境遇裡。

清代科舉沿襲了明朝制度，是「八股文」的天下，每年考一次，祇要能寫文的，不論年紀都可參考歲考，我的外公以十三歲小小的年紀，即考取了「秀才」，再三年鄉試，十八歲中了「舉人」，才二十歲就成為進士，選為翰林院庶吉士，授為編修，不愧有神童的美譽。

他幼時苦讀，有一個傳說，他的父親承裘公是個相當風流的人物，當夫人先後產下三個兒子，應該心滿意足時，卻另有新歡，時常留宿在外，冷落了賢淑的妻子，這雖然是那封建時代不足為奇的行止，卻予生性純孝的外公很大的打擊，發憤為母親爭氣。他的母親林氏溫婉柔弱，對丈夫的冷淡不出一句怨言，祇把全心寄望於兒子身上，每晚陪伴外公深宵苦讀，靜坐一旁做些女紅針線，母子相依情切，一心等待揚眉吐氣的日子。因為兄弟三人，外公居長，他必得以身作則，加倍努力攻讀，以作弟弟的榜樣，事實上這三位弟兄，確實都各有極優異的表現，文采冠於一時。

早登科第、宦海風順的陳寶琛，卅五歲的英年已高升為內閣學士、和他同時位居顯要的三位官員——張之洞、張佩綸、宗室寶廷，世稱「樞廷四諫官」，他們都是飽學之士，在朝廷上敢於直言相諫，不畏當朝權貴，那種傲然不群的風格，像一股濁浪中的清流，也就自命為「清流黨」。他們的作為，當然不為專橫的慈禧太后所喜，舉例來說，譬如她蓄意把建設海軍的銀子，轉為興建頤和園，以償一己的私欲，還打算再向民間徵斂不足之數，這引起清流黨人的反對，曾再三勸阻，終以光緒無實權而向慈禧屈從，這不過是諸多事件之一，可見慈禧對這幾位忠心耿耿臣子，早已懷恨，伺機剷除的意念，無時不在。

一八八三年，法軍侵略我國邊疆，攻進北寧、山西、順化一帶。當時，外公正在江西典試，官階已授內閣學士兼禮部侍郎，他堅決主張中國應當加強邊防抵抗法軍，再三上疏文，指出：「舍戰而言守，則守不成，舍戰而言和，則和必不久。」

昏庸的清廷政府，旋戰旋和，舉棋不定，法軍就得寸進尺，一步步的逼緊。慈禧膽怯，聽信李鴻章的求和主張，乞求英美列強出面調停，使外公「抗戰」的主張受到了壓力，不久，他被派為欽差會辦、南洋大臣，也就是在那一年，我的母親，他的第七個女兒誕生，他取名南貞，號薰琴，以紀念他曾為官「南洋」。

由江西啟程，走到南康的時候，一日之間接到了三道諭旨，要外公北上天津，會同李鴻章商討「中法和議」的細節。李鴻章所擬的「天津條約」，外公一一予以駁斥，他向朝廷申訴說，這不平等條約如果成立，等於「將已失之地既棄之如遺，未陷之城亦拱手相授。」又說：「中國見和即許，議戰全虛，彼方笑為墮其術中，我猶謂喜出望外。」「三月之後，難保不瞰我空虛，恣其要挾。」

那時，法國艦隊已經侵占了臺北及基隆，沿海各地都有戰爭，清廷還是夢想依靠各國的「公評」，「和」、「戰」之間舉棋不定。蠻不講理的法國公使居然不願去天津討論和約，就在上海觀望中國有什麼動靜。

正在相持不下的時候，清廷派了兩江總督曾國荃作為「全權大臣」，派陳寶琛為「和談會辦」，要他們二人去上海與法國公使談「和」。那時，外公忽然接到他祖父的喪訊，按例報請在上海行館持服守孝二十一天。在家愁國恨的交迫下，外公的心情沉重極了，多次以種種理由請辭「和談會辦」的職務。他一向秉性狷傲，如何承受喪權辱國的條約？但是，朝廷不同意他的「辭職」，應允他不再拖延，但直到法國政府送出了強詞奪理的照會後，清廷才斷然下旨同意外公的主張，向法方「主戰」，並且令曾國荃及陳寶琛「即回江寧辦防」。

外公披星戴月趕到江寧的第二天，法國領事發出照會，宣告開戰，這就是慘烈的「馬江之戰」，距今已有一百多年的歷史了。

傳說中，外公和曾國荃不和，也是值得探討的一件事；正當外公英年有為的時代，曾國荃已是六十開外的老人，他消滅了太平天國，功勞浩大，戰績輝煌，眼看著陳寶琛如日初升，自負不凡，又是知名的「清流黨」人，何況名義上外公是曾的副手，卻有直接和朝廷上奏摺的特權，所謂「專摺奏事」，這如何不使湘軍主帥耿耿在懷呢？

因此，馬江開戰的前夕，張佩綸等人多次請求撥船援閩，再三向朝廷強調：「誤閩即誤全局。」清廷也致電給曾國荃說：「閩待援急」。曾卻復電說：「刻下撥船調勇，恐有不到，不如留以自全。」如此一來，手無兵權的外公，一介書生參政，徒有抱負而已，根本無法調動江南一兵一卒援閩，以致聚集在馬江口的法艦，突然襲擊，炮火密集之下，福建的三千水軍官兵措手不及，廿年興建的船廠及十餘艘艦船，毀於一旦，「馬江之戰」，落得慘敗的結局，清廷顢頇，重臣徇私，實為主因，這些史料，在《清季外交史料》上清楚地記載著。

頹喪憂國的陳寶琛，曾上疏提到：「微臣待罪南洋，不敢不引為重疚。」同時，他奏請朝廷准他募兵：「參合中西之法，教練成軍。」立志為國家訓練海軍人才，可是清廷並不支持他的建議，祇同意他加強管理原有的軍隊人員，那一群由湘軍組成的老兵，根本積習難改，縱使外公親自奔波辛勞，深入軍中觀察，仍然無濟於事。那時，外公曾極力推薦留英海軍優秀分子，如嚴復、薩鎮冰、蔣超英等人，但這些人為曾國荃所攻擊排斥，迂腐的官僚政客的偏見，嚴重地阻礙了中國海軍的發展，能不令人慨歎！

一八八五年的二月，外公便以「馬江之戰」之挫敗，被清廷降五級處分，慈禧太后竊自心喜，朝廷上少去一個不悅耳的聲音。才三十多歲的外公，受了挫折，黯然回到故鄉——福州。

螺洲是福州南方山北的一個小鄉鎮，閩江環繞，風景絕佳。外公的曾祖陳若霖公，在兩百年前定居螺洲，並且在江邊蓋了一所「尚書宅」，宅內好多所院落，其中建了一所「賜書軒」，日後倒塌，由外公重新改建，仍沿用舊名，但改為「賜書樓」，為紀念他的祖先而名。我在兩年前第一次回故里，曾專程往訪，全樓已殘破不堪，而烏木雕刻的精美花紋，依然藝品稱絕，引人注目，我曾登樓攝影留念。聽說不久以前，「尚書宅」門口兩旁，還陳列著「肅靜」、「迴避」等儀仗牌，想當年外公家，陳氏一脈，個個科舉功名顯赫，好不風光。正宅的門口，還高懸著若霖公七十壽辰，道光皇帝御筆賜書，上寫：「門迎龍虎節，地即鳳麟洲」，橫匾是：「敬典承庥」，足見古代朝野對士大夫的恭維崇敬。

我在外公故居徊徘留連，不忍離去，想像中，一位懷才不遇的人物，蟄居林下，壯志難伸，他祇有吟哦詩句，飽覽群書，抑鬱地過著半退隱的生活，……他所建的「滄趣樓」也已陳舊失修，但還依稀可見寬宏的藏書所在，《石遺詩話》說到：「……撫時感事，一託於詩，所居滄趣樓，梅竹深秀，而樓奇峰五，摺疊若屏風，矗立千仞，視五老香爐諸峰，殆有過之，詩境亦復相似」，可惜，原有的珍貴詩集版本，現在早已蕩然無存了。

我在螺洲也到若霖公的墓前憑弔，幾經滄桑，墓前石碑殘破不全，總算保留大致的形狀，較諸外公在福州的大墓，若霖公的墓地是並不顯眼的，他老人家壽至七十四歲，經記載入國史館列傳，宣統年間賜謚「文誠」。

陳寶琛、陳太傅的名聲是婦孺皆知的，福州的名山大川、寺廟樓宇，處處都有外公留下的手蹟墨寶，福州一座佛寺內，高聳石柱上刻著「舊址閱滄桑，世界法輪歸一轉」、「良緣結香火，朝班禁漏證三生」，下署「前雲南布政使陳景亮率子四品刑部郎中承裘孫日講起居注官翰林院侍講學士前甘肅正考官寶琛輿沐敬書壬午春二月」。陳家祖孫三代共同留名其上，一時傳為佳話，也可見當年多麼風光。登鼓山遊覽，在山坳幽靜的一角，便是外公所建的「聽水齋」所在，我沿著山路，走下了陡坡，看到兩支石柱上，刻有外公書寫的警句：「空即是色，色即是空」、「憂中有樂，樂中有憂」。環顧四週，祇聞山風輕拂，蟲鳥細鳴，山泉已經乾涸，聽不到一絲流水的聲音。但我能冥想到外公佇立齋前，聽著潺潺的水波流過，如此靜謐無聲的山谷裡，水流是唯一的天籟，日漸老去的外公聽著流水，詩意更濃……在《中國近代文學史》中，記載著：「陳太傅獨步詩壇四十年。」回鄉歸里的二十多年裡，他確實讀得多、寫得多，無數勁拔的書法、感人的詩篇，在那個時期有過人的表現，也贏得海內外人士的最高評價。他在詩文上獨樹風格，才華畢露，一時之選的文人雅士經常與他唱和不輟，至今我尚保留了好幾副他的作品，外公膾炙人口的感時之作有〈秋草詩〉及〈落花詩〉八首，當時評論者評為「就詩論詩，工力到了百分之百，沒有一句一字不是貼切著落花，而句句又暗寓當時政局，細細尋繹，可以作史詩讀，真乃傑作」。去年在洛城，意外地有一位素昧平生的收藏家陸芳耕醫生，無條件地贈我外公手蹟條幅一件，那是外公逝世前一年所書，腕力已不如盛年剛勁，但仍然優雅挺拔，是這樣的詩句：

黿采充庭絕點瑕　四宜堂下玉交加
涉句最羨僧房客　賞足辛夷看杏花
大覺寺玉蘭花下遇周立之
味秋仁兄屬書　八十七叟寶琛

周立之不知何許人？當年和外公在花樹茂盛的寺院裡相遇的文人雅士？味秋又是誰呢？為何將外公的墨寶失落在坊間？我真無法描述內心的激動，感謝陸芳耕醫生慷慨地將它送給我，這份情誼，是太難回報的呢！

我所珍藏的，有外公早年以蠅頭小楷書寫的扇面一幅，是由黃秋岳的後人贈送予我，不但字好、詩美，一般已難收藏得到；另外，我還珍藏著外公寫給我的曾祖何翊卿公的信函，以及誄文，該誄文由先父珍藏多年，歷經戰亂，始終相隨，以至紙頁脫線，殘舊不堪，亡友魏景蒙酷愛文墨，經手將之重新裱背成冊，並題字在封面上，使我珍惜不已。

此中也有一段曲折的故事：原來我的曾祖何翊卿公是福建名儒，曾課業授學於鄉里，是外公的老師，後來翊卿公為官甘肅鎮番縣的知縣，並誥授朝議大夫，官雖不大，文名噪於時，且與外公的父親承裘公交情莫逆，因此，外公對我的曾祖父執子弟禮，始終尊師如父。翊卿公病逝，外公親撰誄文哀悼，其中有句：「……峩峩講堂　粲粲學子　左琴右書　剛經柔史　郵通洛閩　芥拾青紫……先生身教　模以彝倫　蘭芷畢升　桑榆未暮　我孀爾賙　嫛婗爾哺　振友印須將伯予助……」每讀此文，總能想像當年我的曾祖父翊卿公在課堂裡為許多學生講學的情形，他必是一位飽讀詩書的學者，又有俠義的善行，他教導出不少傑出的人物，外公便是其中佼佼者。就因為這師生的淵源，外公得志以後，由北京回故里時，獲知翊卿公的子孫已家道中落，為報師恩，據說他令何家的少年子弟站在一排，親自挑選相貌清秀，聰明大方的孩子，資助他赴京求學，恰巧他挑選了何家最小的兒子名叫何希韶，字韻鳴，他就是我的父親。

罷官降級的陳寶琛回到故里，他的聲望依然如日中天，鄉人對他的崇敬仰慕毫不遜色，短短的時間內，他的才幹天然地顯露出來；在福州，最初他擔任了鰲峰書院的山長，一九〇〇年，他創辦了福建第一所新型的學校，名叫「東文學堂」，一九〇三年又把東文學堂改為「全閩師範學堂」，也即是目前福建師大的前身，他自任第一任校長。

一八九八至一九一一年之間，日本、義大利、法國及美、俄諸國，均思染指福建鐵路的建築權，而福建人民亟不欲外國人插手其中，就由官民代表公推外公總理福建鐵路興建的事宜。但，籌劃這條鐵路談何容易，外公乃在一九〇六年，不辭辛勞地奔走南洋各地，為鐵路募股一百七十餘萬金元，同時，他規定：「福建全省鐵路有限公司專招華股，凡華人僑居外洋者，即得與股」，「凡為外國人代購股票及將股票轉售抵押於外國人者，概不承認」，如此一來，杜絕了外人掌握和控制。在當時，像他具有遠大的眼光及愛國的思想者，確實是僅見的，由於外公運用才智，細心策劃，終於產生了屬於國人的、福建歷史上第一條鐵路——漳廈鐵路。

不久，為了不斷培育鐵路人才，外公建議四省公立一所鐵路學校，稱之謂「四省路礦學堂」，成立於上海，到了民國時，併入了「南洋公學」，也就是「交通大學」的前身。

以在野之身，外公的確是為鄉里做了無數功德，可能他自以為從此終老家園，乃在螺洲老宅加築了藏書靜讀的「滄趣樓」，又在福州鼓山勝景築下「聽水齋」，經常與時下一群才高八斗、詩情洋溢的文人墨客結為莫逆，時相唱和為樂，正因為有了那數十年淡泊的歲月，他為我們留下了著名的《滄趣樓詩集》十卷，《聽水詞》一卷，以及散佚各地受珍藏的字軸墨寶。記得年前我在華府的國會圖書館內，還看到館內除了保存陳寶琛的詩詞卷集之外，尚有他從一八四九年至一九三五年間，撰寫的奏議二卷，不但文采卓絕，也是研究晚清歷史不可或缺的史料。

晚清一代，正是中國朝廷虛有其表，列強環伺、弱肉強食的時代，等到光緒、慈禧先後駕崩，溥儀便以宣統的年號登基成為皇帝。那時，正在福建造福鄉里、優遊林下的陳寶琛將屆花甲之年，平時養生有道，絲毫不顯老態，我保存了一幀他中年的照片，左額上有一粒鵪蛋般大小的肉瘤，很是刺目，不久，他割去了肉瘤，未見疤痕，遂使那清秀的臉上，平添一種清新慈祥的風采。

每當我凝視外公的留影，總覺得他有一雙充滿智慧的、富於情感的眼睛，這對漂亮傳神的眼睛，曾遺傳給他的子孫們，我的母親就幸運地長著一雙大而明媚的美目，親友間常相誇讚；可惜在〈末代皇帝〉影片中，飾演陳寶琛的演員選擇不當，恰似中風不久的老人，一目半瞎，予人不快的印象。我的外公，壽高八十八歲而終，至死他都是一位高雅清逸、灑脫不群的詩翁。聽說目前正在中國大陸上映的〈末代皇帝〉電視連續劇，轟動全國，其中編劇將「帝師」陳寶琛的事蹟特予加強，依照史實，把對溥儀最有影響力的師傅，由一位資深名演員主演，而且很慎重其事的到親戚家中，借出陳寶琛的照片，將該演員化裝得一模一樣，他的戲份重，演技好，相信已將外公的形象深植於觀眾心中。

事實上，也有傳說外公重被清廷起用，並非張之洞引荐，而是江蘇巡撫陳啟泰上專摺荐舉的。在他的專摺中對外公極力譽揚，他說：「查有降調內閣學士陳寶琛，從前侍直講帷，早邀知遇，邇來時事日棘，尤為物望所歸，閩省學務路政，賴其主持，雖海外僑人，亦莫不輸誠翕服，今年甫六十，精力強壯如初，可勝艱鉅之任。」又說：「……洵足表率群倫，為時楨幹，倘荷擢用，必有可觀。」經此一荐，外公靜極思動，就此應召入京，結束了二十多年的在野生涯。

宣統元年的四月間，外公由福州啟程到了北京，初任總理禮學館大臣，再授內閣學士兼禮部侍郎，並以原銜充補漢經筵講官，接著打算任命為「山西巡撫」，卻被攝政王載灃換了他人頂替。那時，他寫了一首詩題曰：「湖樓酒坐，呈孝達相國」，詩云：「不期垂白共深尊，照眼湖光近禁垣；四海喜聞公老健，卅年獨斡世貞元。彈冠一出慚微尚，載筆相從愴舊恩；天性愛蓮漸長夏，得陪高閣及時論。」還寫了一首詠秋海棠的詩句：「當年亦自惜芬芳，今日來看信斷腸；澗谷一生稀見日，初花惜又值將霜。」詩中不免流露著傷感。

隆裕皇太后親自指派陳寶琛為「帝師」，開始在「毓慶宮」教授溥儀皇上讀書，那時外公的官銜是：「正紅旗漢軍副都統」和奕劻內閣的「弼德院顧問大臣」，主要的任務，是給皇上「授讀」，而皇上當時是個六歲的小孩子。

幼年的溥儀皇帝，祇是一個和平民一般貪玩懶散的小孩，對一些經書聖訓之類的課程毫無興趣，平常他是個坐不住、站不定的小淘氣，但他是天子、是皇上，我那六十歲的老外公每天都得向他跪上老半天，在他慈藹的目光裡，這個瘦小的頑童，有朝一日是會像鑽出蟲蛹的蝴蝶一樣前途無限的……他小心謹慎，苦口婆心地在教育他、期望他。

宮中安排溥儀清晨四時起床，寫大字十八張，八時正上課，讀《論語》、《周禮》、《禮記》、《唐詩》，聽我外公講《通鑑輯覽》。另外主要的課本是《十三經》、《大學衍義》、《朱子家訓》等等。

溥儀無心讀書，不得不設法找來堂弟溥傑、侄子毓崇，一同伴讀，每當溥儀心不在焉的時候，師傅便可拿伴讀的孩子斥訓，指桑罵槐不致得罪了皇上的龍顏，九時半餐畢，又向他講解《左傳》、《穀梁傳》，直到年復一年，溥儀日漸成長，外公住在北京故宮不遠的靈境宮內，天天坐著馬車「上班」，教書之外，他又把許多「宮外」的新鮮事，娓娓道來，使少年溥儀的知識領域隨著時代而擴展。

外公對溥儀所談的，包括他自己在南洋的見聞，還說到南北不和，督軍火併，府院交惡這些「新聞」，啟發的溥儀對時局的知識；同時，他還強調歷代帝王為政得失的史實，灌輸溥儀「復辟」的思想。在我外公的心裡，永遠祇有對清廷的忠貞不二，他講究的是名節、是正義。因此，在溥儀的著作中，多次提到外公，他說：「在我身邊遺老之中，陳師是最稱穩健謹慎的一個，他是最忠實於我，最忠實於『大清』的，他是我唯一的智囊，事無巨細，咸待一言決焉。」也曾提到：「陳寶琛本來是我唯一的靈魂」。

民國十三年，馮玉祥把溥儀趕出了紫禁城，革命軍又一次打擊了清廷復辟的美夢。其實大清朝早已朝不保夕，搖搖欲墜，而忠心耿耿的外公，認為即使「復辟」之舉不可得，卻依然要溥儀保持帝王的「威嚴」，不能輕舉妄動。對於時代的趨勢，外公是看得十分清楚的，但他絕不作貳臣，自有堅定的操守，他的剛直不阿的性格，從年輕時就已展露。那時，他是「樞廷四諫臣」之一，無懼慈禧太后的權威，縱然冒險犯難，也不改忠諫本色，譬如當時在資政院提出昭雪「六君子」一案，可說震驚朝野，光緒帝變法不成，六君子遇害，已經事過十三年之久，外公將當時光緒皇帝親自硃諭手詔，同意變法維新的真蹟公布，用來昭示後世，而為六君子伸冤，並提請朝廷降旨褒揚，這種俠義心腸，往往使他置自身生死於度外，也更證明了外公所具備的仁勇美德。

說到清室對待外公，總算恩寵有加，據說外公每月的「薪水」有一千元，折銀七百二十兩，英國師傅莊士頓每月才六百元，其他幾位「帝師」都不能相比。宣統賞賜給他的字畫古玩、御筆聯匾，更是多極。《恩賞籍》中記載著：一九一三牛十一月九日，賞陳寶琛黃絹匾，上書「受福宜年」，一九一五年二月十二日賞黃絹對一副，上書「龍蛇走遍五籐蔓 蝌蚪摹傳古鼎銘」，一九一五年十月十六日賞黃絹匾一面，上寫「溫仁受福，若金作礪」。外公能十歲壽辰，溥儀賞賜御筆匾，上書：「保衛錫祜」，另有一副對聯：「召奭稽謀尊壽耇，甘盤舊學重師資。」還加賞一個佛龕，三鑲如意一柄，福壽字一份，尺頭四件，玉陳設兩件，銀子一千五百兩。這些記載當然不能概全；外公家族，自若霖公始四代高官顯爵，受清廷恩寵，家中的珠寶古玩、名人字畫歷代相傳，可說不計其數，並非晚清一代獲贈而已，當然外公隨侍宣統二十多年，所得的恩賞自然累積更多，加以外公一介文人，天然喜愛藝文欣賞，收藏之精萃，非比尋常。

北京勝景釣魚臺，即是宣統賞賜給外公的。現已改為中共招待外國上賓的所在，遊人不能住入。當年，我的外婆染患肺病，就在釣魚臺養痾，母親和長她兩歲的六姐林崇墉夫人，那時還祇是十幾歲的小姑娘，兩人日夜陪伴服侍著外婆，在釣魚臺住了很長的一段時日，直到外婆病逝。我三次回北京，亟欲去釣魚臺懷舊，想看看當年外婆和母親住過的地方，但並沒有認真去尋訪，因為這一份外公的產業，在日據時代被他的一個兒子出售了，如今則歸於國家所有。事實上，外公所有的一切產物財富，早已隨著時代的變遷而煙消雲散，不知所終。

自從溥儀受了親日的鄭孝胥、羅振玉的影響，一心以為有日本人支持才得光復大清祖業江山，不惜遠走關外成立偽滿洲國，寧作傀儡。事前，外公奔走於平津兩地，始終不離溥儀左右，在皇上最危難的時刻，分擔著他的憂愁。

外公洞察日本人的心機，堅決反對溥儀受日人利用，他對鄭孝胥「媚外」的作為很不以為然，曾在天津「靜園」與鄭孝胥開了一個「御前會議」，兩人展開激烈的辯論，外公的見解是「皇上出來祇能成，不能敗，倘若不成，更陷皇上於何地？更何以對得起列祖列宗？」不料，鄭孝胥的看法是：「眼看山窮水盡了！到關外，又恢復祖業，又不再愁生活，有什麼對不起祖宗的？」

這幾句話，氣得外公臉色蒼白，顫巍巍的扶著桌子，探出上身接近鄭的禿頭冷笑道：「你，有你的打算、你的熱衷，你，有何成敗，那是毫無價值可言！……」

溥儀在他所寫的《我的前半生》中，記下了以上的幾句談話。他明知陳寶琛是可信的，但他卻愚昧地判斷外公：「忠心可喜，迂腐不堪。」當他成立偽滿已成定局而離開天津的時候，外公向他的學生流下了兩行老淚告別，他說：「臣已經老了，不能再遠去關外隨侍，將來要見面是很不容易的……你自己要多保重……」他哽咽得說不下去，就這樣和溥儀分別。

在溥儀十四年滿洲國的傀儡生活裡，仍有不少遺老跟隨出關做了侍臣，而我的外公除了僅有兩次，以舊帝師的身分前往探視一生期望栽培的皇上學生之外，他絕不改初衷，直到一九三五年在北京逝世為止。

外公有喘病宿疾，夏日貪涼，飯後吃了些西瓜，在院子多坐了片刻，當晚病發，醫治罔效，終以八十八歲的高齡逝世，結束了他富貴榮華、多采多姿的一生。那時，溥儀正在關外稱帝，得知噩耗，回憶往昔，外公的忠言句句猶在耳，他卻已是身不由主，去時容易回時難的可憐蟲了！

外公的墓地在福州近郊，我專程前往憑弔，該地正開闢一條寬廣的公路，據說本應一直通過外公的墓地，若是如此，必須將墓拆毀，但因陳寶琛一生所作所為，鄉人景仰，乃決定繞道而闢，保留了墓園紀念先賢。

我與外子司馬笑以及數位鄉親，從一條草叢中穿越，步行前往墓地，小徑遮滿了野草枯枝，難以暢通，我們必需邊走邊推開路邊的障礙，真所謂「披荊斬棘」而行，好不容易走完曲折山路，眼前突然展現出一座廣大的墓園，斑駁深褐色的石岩建物，是如此地雄偉莊嚴，動人心魄！

整座墓地占地甚廣，正座落於高勢的山巔，遠處瞭望著船隻正航進閩江口，半圓形的墓而拱起，厚實的水泥工事十分精緻，墓後環繞了傳統式的水泥圍牆，墓前兩側展開，由九面組合的大理石建成一排限界，正中碑石上刻：「清晉贈太師太傅陳文忠公之墓」，前方有座純白大理石祭祀臺，楞角圓潤華美，地上鋪有綠色大理石方磚一整塊，供人跪拜，兩側石上，刻有外公七十六歲時，自撰的詩句，左寫：「冰淵晚節期無忝」，右是：「乘海餘生會有涯」，墓正前方一道石牆上，刻著很大的大字：「高山流水」，其反面是「永式豐年」，據稱墓前原野，農家種稻穀一片碧綠，象徵外公冥冥中保佑百姓豐收……。

縱觀外公陳寶琛的一生，可說是集史料於一身的歷史學家、政治家、書法家，又是天才橫溢的詩人。

我們沒有香燭紙錢世俗的祭悼，我祇站在他空寂廣漠的巨型墓前，遙望遠處靜靜東流的閩江水，幻現出慘烈的「馬江之役」，回首默誦著他自撰的詩句，我為他一生百折不撓的精神所感動，我仰慕他的忠貞，不作貳臣，俠義仁風又重氣節，他的風範，必將留傳千古！

天地悠悠，這一片蒼茫的山野，永遠長眠著我的外公，一位孤忠傲骨的詩翁！

一九八八年十一月在洛城

編案：本文原發表於《傳記文學》第五十四卷第二期，一九八九年二月。

我們怎能忘記你，吉米

——追念魏景蒙

一九八二年的秋天，我出售了生意鼎盛的冰淇淋店，換回我渴望已久的「自由」之身，獨自出了一次遠門，計有一個半月的時間，真是逍遙之至，十月九日返抵家門，正接受著家人的歡迎，興高采烈的當兒，我女婿突然說：

「啊！魏伯伯去世了！」他手裡拿著剛到的《中央日報》海外版，隨手交給了我。

我與約翰頓時呆住了，他大聲說：

「怎麼會呢？上次見他不是好好的嗎？」

我哽咽著，一句話也說不出。是的，太難置信了，吉米真的死了嗎？在我讀著報上喪訊的時候，他已經走了兩天，七日的凌晨一時五十分。我低著頭反覆的看著這段消息，我在想，七日的凌晨一時五十分，我有什麼感應沒有？以他的性情，怎麼不曾跑來先給我一個預兆呢？

一下子，我墮入了哀傷的深淵。原來計劃接著回臺灣探望親友的，全都放棄了，我一路上所記載的旅遊見聞，大半是打算為吉米講述，如今還能對誰說？

七十六歲的老人，安詳地病逝在醫院裡，應該是無法苛求的人生落幕，可是，當我翻閱了他的舊信，一九八一的元月六日，他奉命住榮總作體檢，結果是：

「……榮民總醫院檢查結果，對望八的老人來說，算不錯了，除血糖高一點，心臟跳得慢一點以外，大致不差，天公留我在世，我亦不辭……」

他的心臟明明跳得「慢」，是有問題存在，怎麼不醫治呢？從那時直到最近一次體檢，他信上又曾提到：

「……僅是胃部不太對勁，眼睛有白內障現象……」

我覆信說我的年紀比他小二十幾歲，連我的眼力也不行了，一再請他去看眼科大夫，不要拖延，但是他似乎對自己的健康充滿信心，毫不介意，因此，使我們懷疑到心臟已近生死邊緣的、古稀之年的老人家，怎麼得不到任何對他生命攸關的警告呢？沒有任何人關心他嗎？

不久前，也是高壽七十許的胡秋原先生，在離此不遠的醫院做了心臟手術，四根阻塞的血管仔細的在醫生妙手下換好了，如今他敢自信，至少還有二十年縱橫文壇的雄心壯志，在醫學昌明的今天，胡先生能絕處逢生，魏先生為何不能？

去歲炎暑時期，我被油灼傷腿部，在家養息，正巧泛亞社記者伊夢蘭女士來美過訪，她也要去紐約，傳去了訊息，那時，吉米正在美東公出，得知我受傷，一到西岸，即從洛城打電話到聖荷西來探詢，直罵我太不小心，那音調仍是一貫活潑有力，我謝謝他的關心，並問他此行可順利？他表示非常疲倦，想要回臺北休息；沒多久，收到他來信，語意蕭索，不像平日「調皮搗蛋」，他說，當他寫信的一刻，臺北停電，又值炎熱不堪，害他通宵失眠，心情很壞，自謂「苦煞白髮人」。這就是我最後聽到他的聲音，和收到他最後的信。

我認識吉米，算來有二十五年之久，而與他相熟相知卻是從認識了約翰之後；約翰供職臺北美新處時期，與吉米時相過從，吉米當時任中廣總經理，不但因為他倆的工作有關係，也因彼此都是「燕京」出身，吉米年長，約翰把他當老大哥看待。

說到這段淵源，不能不憶及民國四十九年十月廿四日聯合國紀念日的巧遇，那天我在中山堂採訪錄音，有好幾位政要接受我的專訪，最後一位是何應欽將軍，待他錄製完畢已近黃昏，何敬公見我工作勤奮，表示嘉許，且說：

「我要去參加臺北賓館聯合國同志會的慶祝酒會！妳若想去那邊採訪，我可以帶妳去。」

「嗯——方便嗎？」我有些遲疑。

「當然方便，請上車吧！」

他老人家站在敞開的車門邊等我上去，我沒有推辭的理由，雖然那並不在我的工作程序中，我揹起錄音機，稱謝上車。

不料，這無意的一趟便車，改變了我半生的命運，當時何敬公決想不到他會成為我的主婚人，就在那晚的酒會上，我遇見了約翰，套句俗話，算是「一見鍾情」吧！

那一年，是我廣播生涯最忙碌的一年，共有三種性質不同的節目由我擔任主播，「夜深沉」、「華僑之家」與「上海時間」，尤其是「夜深沉」，撰稿播音，配樂及編排，全包辦，終於我得到了一枚「最受歡迎的節目主持人」金牌獎。同時，我應華語中心之聘，每週五小時，去南海路美新處教約翰中文及滬語，接近的機會多了，感情與日俱增，然而苦惱也隨之而來。

當時，約翰尚是有家室的人，臺北外交界圈子小，是非多，風言風語傳到保守的美國大使莊萊德耳中，他不悅地約談了他屬下的約翰，警告他：

「你若是不約束自己，我要立刻調你回華府！」

這樣無奈的情況下，約翰想見我，的確不容易，因此，他向吉米求救，這位熱心腸的老大哥果然大發慈悲，於是，吉米常打電話去我工作的地點，半公半私的邀我參加廣播界的餐宴或酒會，每逢這類場合，總不期然的也有約翰在座，他不說什麼，祇用一雙含情的眼睛盯住我，吉米則在一旁口沫橫飛的借題說「笑話」，往往害我窘迫不安，非常難受，我得忍耐，因為我知道吉米是約翰與我之間一座可靠的橋樑，在那痛苦的隔絕的日子，墮入情網的人，默默相望也是好的。

宴會完畢，約翰祇能看著我離去，往往是吉米開車送我回家，從此，我和吉米間的忘年友誼，漸漸的開始建立起來。

吉米有兩隻靈活的眼睛，一張出名的大嘴，活力充沛，精神飽滿，他一點也不漂亮，可是卻非常的「動人」，他能使接近他的人從他那豪爽不拘的言談之間，分享他的快樂，語不驚人誓不休，已成為他的金字招牌，以一個女人的觀點看他，我覺得他具有強烈的男子氣概，非常有吸引力，結識他越久，越發感到他心地善良，待人誠懇實在，在他狀似魯莽的性情之中，隱藏著細膩的感情，體貼入微，表面上，他「不安於室」，事實是他最留戀家室之美，好多次他請我與約翰在家晚飯，他的夫人總是有牌局不在家，他便借用了友人的外省籍娘姨，燒出極可口的菜來款待我們，可惜女主人不在，好像欠缺了什麼，吉米也不掩飾他的怨意。環視他那小巧雅緻的客廳，處處顯見主人絕佳的藝術欣賞意境，他精心布置的居處，並不豪華，卻不同凡響，這種高貴的書卷文采氣息，在他每一處辦公的地點都可以見到，他的穿著，也極調和優雅，色彩質料都配合得恰到好處，這與他對藝術的偏愛有很大的關係，不論他多忙，談到了字畫及各類藝壇動態，他的興致立時高昂，把別的事都忘懷了。有一次，為了要我看到為敦煌藝術而專心研究的羅寄梅夫婦，他寧可爽了飯約，開車上山直趨羅府，讓我親眼看見羅先生對敦煌藝術所作的藝品仿製，事隔二十多年，我仍能記得那些精美的臨摹作品，可以亂真的陶俑，一直深印在我的心裡，不能忘記。臺北的故宮博物院，我不知去了多少次，而吉米總是可能的摒擋一切，願意作我的導遊，他為我解說時，自己先自我陶醉其中，從那許多不朽的傳世之寶裡，幾乎使他全身心都薰薰然，快樂無比，他能把獨到的見解印象，感染給別人，好像很容易便被他吸引住。

世人皆知吉米愛講話，其實有時他也沉默寡言，鬱鬱不歡，記得我婚前在臺北的一段日子，吉米常帶三分醉意而來，往往他的心情也不好，他會問我是否有約翰的訊息，然後揶揄我：

「唉！傻丫頭等吧，看妳等到什麼時候呵！」幾句話就能刺著我的痛處，我狠狠的大聲說：

「別管我，我誰也不等！」

他知道惹惱我，就坐到書桌邊，一聲不響的開始拿起毛筆寫字，一遍又一遍，望著他的背影，我忽然覺得他好寂寞、好孤單，在人前的嬉笑喧囂隱去了，變成另外一個人，安靜得如一盞寒夜的孤燈。

有時，他也會趁著酒興話如泉湧，諸凡家中事無巨細，兒孫輩的瑣碎，乃至女友間的動態或爭執，一一向我傾吐為快。令我不解的是他很少提到他已逝去的第一任太太，從照片上，看到她雍容華貴，美麗動人，吉米也曾形容她的確是貌美如花：

「那時候，每到一個地方，新聞記者總是搶她的鏡頭，照相機嚓嚓的拍不停……」

這如花美眷像浮雲一般散了，她的去世，必定給予吉米深重的打擊，我揣測這傷痕終其生未曾平復，因此他專注於工作，寄情於書法，在愛情的領域內，倒真是「曾經滄海難為水」了。畢竟，他還是厚道的，當第二任太太因腦溢血逝世後，他為她料理了極盡哀榮的葬禮，他黯然地說：

「她那一群姐妹淘不相信我會這麼慎重的辦喪事，哼，我就要讓她們看看，我是不是薄倖人……」

憑心而論，吉米是富於感情的，他從不肯傷害任何人，對黨國、對長官，耿耿忠心，任勞任怨，言談之間從不曾有一字不敬不服，其操守實超出一般人，好多次因公來美，卻僅有一回是自掏腰包，轉機到聖荷西看我們，我知道他一生清廉，並不富有，年紀漸老，對官場生活日益厭倦，常對我們提及他那身不由己的情況，認真地說：

「總有一天，我要自由自在的雲遊天下！」

他的夢，終究成空。

我和約翰幾經波折的婚姻，到如今已將近二十個年頭了，我們依然相愛如昔，有著非常溫暖的家庭，孩子們也已各自長成，我們卻不能忘記當初吉米的協助，尤其是我，覺得二十多年來虧欠他太多，無從回報，我陸續收到他寄贈的大小墨寶無數，最使我感謝的是他為我重新精裱裝訂成冊，先外祖致我曾祖誄文，並在織錦的冊面上楷書「清太傅陳弢庵誄何翊卿文墨寶」，字跡工整端秀，足見他的功力，前兩年我生日的前夕，收到他寄來全篇白居易的〈長恨歌〉，真是一筆一劃，煞費工夫，卷末，他寫著：

「為藍明祝壽於萬里外書長恨歌以誌懷念

歲在庚申暮秋於臺北東郊紹易簃時年七十晉四。」

照理說，〈長恨歌〉雖秀麗典雅，似乎不宜祝壽，吉米之所以為吉米，是不能以常理判斷的吧？！祇要我一想起在繁忙的公餘之暇，一位年逾古稀的老人，他靜靜的在燈下一字字地寫，寫出如此均勻秀麗，近千字的佳作，把它遙寄旅居海外的我，此情此心，感何如之。

他曾指導我如何揮筆用墨，也為我印就南雅上好的詩箋，並題名製版，他的摯友詩人羅學濂先生在復我的信上說：

「……看到信箋上他為妳題的『藝文用箋』，真想哭出來……」

睹物思人，吉米留給我們的記憶太深了。

寫到此時，我凝視著案前的相框內，一張小小的照片，是吉米來聖荷西時所攝，他左挽著約翰，右挽著我，咧開了他的大嘴笑著；耳邊，似乎還清楚地聽見那熟悉的笑聲，而他竟然去了，永遠的，永遠的去了！

啊，吉米，可回憶的何止這些，我們不會忘記你，又怎能忘記你？

編案：本文原發表於《傳記文學》第四十二卷第五期，一九八三年五月。

悼關華石兼懷慎芝

春天已經過去，聖荷西的初夏還帶著幾分涼意，晨夕之際，窗外的寒氣悄悄透進屋來，使人感到秋的蕭索；案前，堆滿著零亂的舊日照片和信件，其間有一件剛剛收到的，大信封裝著的訃文，寫著「關華石先生訃告」。

華石終於走了。唉！慎芝，他終於走了。

眼前，我依稀看見卅多年前，西門町大世界戲院隔壁，民聲廣播電臺入口的樓梯，那狹窄的木板梯次，上上下下不知進出過多少人物；我清楚地記得豐滿的張仲文還沒出道，追求伊夢蘭的周藍萍，還沒寫他美妙絕倫的〈梁祝〉黃梅調，唱英文歌的劉曉玫還沒交到洋朋友「五尺八」，崔冰正打算開她的「心心咖啡館」，鐵瑜也看不出「紅顏薄命」的樣子，黃曼和小童還很恩愛……那一段日子，正是華石與慎芝婚前最甜蜜的階段，在民聲臺，那樓梯的一端，常看見他倆偎依並肩的影子，輕快的走下來。

儘管當時廣播電臺設備簡陋，播音室通風不良，大家對「廣播」卻十分嚮往，流行歌曲的時間在沒有電視的時代，更是一窩風時髦的趨向，聽眾可以打電話或寫信「點唱」；不少日後享盛名的歌星，都是由這小小的播音室中孵育出來；我並不熱中於中國流行曲，但是在電臺工作，除了「小說選播」之外，仍然按時做當班播音員，所以得播報滔滔不絕的、乏味浮淺的商業廣告，這類廣播稿，在流行歌曲節目中插報最多，因此，那無疑是為電臺老闆最賺錢的節目，就如同日後電視上的「群星會」一般受到歡迎與重視。

華石與慎芝一直是流行歌曲節目的主要人物，華石的提琴與慎芝的歌聲，不能一日或缺；現場樂隊總有何海或哈馬的鋼琴，加上另一位擊鼓打拍子的，歌星們隨即一曲曲唱出聽眾所喜歡的調子；那密不通風的播音室裡雖然「禁煙」，而不受拘束的藝人們有時還不免偷吸一兩口，常是煙霧瀰漫，空氣混濁，在那亂哄哄的場合，華石表情總是一本正經的；他拉琴時，全神貫注，不時抬眼望一望歌者，假如拍子略有差池，他會加重弦音，提醒該小心的節奏感，迅速巧妙地補上半拍，聽來是天衣無縫，圓潤自然，因此，跟他學歌的學生，往往得到恰到好處的指點，收事半功倍之效，他的學生越來越多，做他的學生也可說是欲登歌壇的晉身捷徑了。在許多崇拜他的年輕女孩子裡，慎芝應是其中特殊的一位。

慎芝的體質弱，她經常被哮喘頑疾所苦，先天的限制，卻擋不住她不斷的用功勤習，她以獨具婉轉輕柔的音調，唱出屬於她自己的音色，很能感動聽者的心弦，她不但是歌喉自成一格，她的裝束衣著，淡雅宜人，處處顯出她與眾不同的風情，她的美麗和氣質，不是一般崇尚時髦而經人工手術整容過的名歌星所能企及的。當然，曲高和寡，未必人人都欣賞這種格調，但在那種職業化的音樂圈圈裡，像慎芝能提筆作詞，懂得樂理的，充滿智慧的女性，真是鳳毛麟角，絕無僅有。她深深吸引著華石；而華石也有多方面的藝術才華，不僅是琴拉得好，那一手瀟灑的毛筆字，更使慎芝傾心不已，他倆的婚姻非常美滿，除了很久沒有生育之外。那時我還住在臺南，有一天，忽然接到她由臺北打來的長途電話，緊張萬分的對我說：

「藍明，我懷孕了，我真的懷孕了！」

四十歲，迫切渴望做母親的女人，終於如願以償，我真為她興奮得落淚；那一年我和約翰去香港小遊經臺北，特地跑到宏恩醫院去看她，她平平安安的生下了孩子，而且，是一個健康可愛的男孩，怎不令人欣喜若狂！

離開了民聲臺，我繼任了民本電臺的播音部主任，各自為事業奔波，和慎芝華石見面少了，生活的圈子也完全不同，但我們之間的友誼卻與日俱增，好像在彼此的心靈上有某一種共通的領悟，互相關懷，祇要有見面暢敘的機緣，我們都不會放過。每當我作客臺北，住統一、國賓，或是中國，一定找到慎芝餐聚歡談，不到更深人靜不捨得分手，卅多年的友情，不渝的維繫著，在這世態炎涼、人情如紙的時代，真是難能可貴。

慎芝的日文流暢，也有語言天才，下筆疾書，歌詞充滿感情，她越寫越多，求她寫歌的人不斷登門趨教，每天應接不暇，在「群星會」播映的期間，可說是紅遍寶島，登峰造極，到了頂點。

當臺視「群星會」開播以還，褒貶不一，但無人否認這是一個空前創舉，極受歡迎的節目，它是慎芝與華石的心血結晶。有些人批評慎芝所寫的歌詞，而她的歌，唱來朗朗上口，正迎合一般需要，流行到大街小巷。譬如一曲〈意難忘〉，由美黛唱紅，真是家喻戶曉，其他歌曲也都到處流行，正是所謂「流行歌曲」，達到了目的，又何必苛求其藝術水平上的高低？「群星會」給他倆帶來了成功的快樂，但譽之所至，謗亦隨之，茁芽的電視是新興事業，歌壇又是分子複雜，是非很多，有限的播映時間，如何夠應付貪得無饜的人事糾紛？我風聞她的煩惱，也欣聞他倆終於急流勇退。停播之後，在家以教學作詞為主，繼續培植歌壇新血，原以為他們從此能享受家庭生活，與子女多些時間共處，豈知惡運接踵而至，首先證實了華石竟患了「肺癌」。

「癌」的形成雖然難測，華石的嗜吸香煙必是主因；其次，我認為是他一生從事的職業，日夜顛倒，長期的夜生活，很少接近清新的空氣和陽光，而他泰然地說：

「我已經七十歲了，還怕什麼？」

他坦蕩的心懷，果真克服了病情。一九八〇年的四月，我自美回臺時，見他毫無病容，在老友杜兆楠邀約的席間，到有好多位廣播界的朋友，久別重逢，時而歡躍，時而唏噓，談到當年故舊，星移物散，感觸無限。華石是座上唯一的男士，他那時正進行不斷的物理治療，時刻與癌症搏鬥中；當晚回去，他揮筆寫了「海外存知己，天涯若比鄰」贈我，以紀念此次的歡聚。他的腕力仍強勁自如，慎芝說他靜養沉痾的期間，練字更勤，寫得更好，友好們希望他能作一次書法展覽，我便以此鼓勵他努力達成這個願望，使他精神專注，有所寄托。

回美後，七月收到慎芝來信，還提到：「……華石的病，托天保佑，目前可說非常穩定，每月一次化學治療對他頗有效……病灶縮小，淡化以至消滅……他日常起居很正常，每星期有六、七堂課在上，日子很平靜。」我正慶幸他真是得天獨厚，居然能戰勝此魔。卻不料他們的獨子后希猝亡，真如巨雷擊頂，劇變瞬間，華石病體如風前之燭，如何承受得了？喪子之痛，粉碎了他求生的意志，我知道，這一次，華石一定完了。

此刻，披著單衣的我，仰頭望見窗外夜霧瀰漫，泳池的水波閃著寒光，夜是深了，而我了無睡意。

低頭翻動桌上重疊的許多照片，是我特地把它集中在一起的，全都是慎芝卅年來陸續贈我，這張，早在一九五七年，她攝於左營春秋亭外，多麼年輕苗條！這幾張，華石和慎芝的合影，全家福，也有我們相逢時留影……其他，好多好多都是小后希的，從嬰兒照，慢慢成長，兩歲、五歲……直到十四歲，差半個頭趕上母親那麼高了。那天，一九八〇年我離臺返美的那天，慎芝特地趕上計程車，帶著剛從學校下課的后希來送我，她說：「這次妳太忙沒機會再聚，我一定要帶后希來給妳看看。」

我激動的望著他，長大了，雖然顯得瘦弱，卻真是長大了，好一張清秀的臉，斯文有禮的舉止，談吐又靜靜的，十分有教養，我忍不住對慎芝嚷道：

「妳和華石是怎麼教育出這麼乖的兒子來？太難得了！這個年頭，那兒看見過這麼懂事的孩子？！」我又對后希說：

「你要多吃多運動，不能拚命讀書呵！」

他微笑地輕聲答我：

「每天有好多功課要做——」

小小的十四歲的孩子，已經被沉重的學校作業壓得透不過氣來，更如何想得到，那學校，竟是他催魂奪命的所在！

我在報上讀到后希的悲劇，接著，慎芝寄來一封信，裝滿了各種剪報，都是報導這件意外的新聞，她悲慟已極，幾至無法支持，不難想見遲遲才如願做了母親的人，突然間，失去了自己僅有的，苦苦撫養成長已十六歲的愛兒，那切膚椎心的痛楚，怎不令她肝腸寸斷？

照片上的后希，天庭飽滿，耳朵大，明明是個有福的孩子，為什麼？為什麼竟在這時夭折？遠在海外的我，驚呆了，說不出一字來安慰她。我也為人母，深深地體會到她的哀傷絕望，雖然我祇請慎芝為我在后希靈前，獻上一束鮮花，它代表著我心底無言的悼念……。

愛兒亡故，丈夫病危，短短的時間，改寫了慎芝的生命。她強忍悲傷，支持著華石，怕他全然崩潰，他倆向社會呼籲出「勿蹈覆轍」的警告，要當局改善對學子健康方面的情況，她不能讓后希死得一點意義也沒有！

如今，華石也走了。慎芝在那多雨的臺北，心力交瘁地辦著喪事，我卻看得到她流著淚，卻依然堅毅的眼神。相識以來，她比我冷靜，比我有條理，而我是時常被感情淹沒，就如此刻，思潮沸騰不能自己……

翹首雲天，群星暗淡，人間是這麼悽涼嗎？變幻莫測的人生，果真如夢如幻如泡影？一生信仰佛教的慎芝，妳是不是已經有了解答呢？寫到這裡，我的老友，我祇能遙向天空自言自語一句話：

「慎芝吾友，多珍重！」

編案：本文原發表於《傳記文學》第四十三卷第二期，一九八三年八月。

朝花夕拾有餘香
——記影劇明星們

明星們來了又去了，像春花開而復謝，這篇過時的追記，願帶給您一點芬芳的回味。

見到李湄，覺得她比銀幕上美得多，那天她穿一件露胸黑絨上身，領口作大V字型，酥胸半露，隱隱約約間有一種無比的吸力，這該是所謂性感吧！不然我怎麼眼睛總捨不得離開呢？我們是同性，尚且如此，若是公子哥兒們，更不知何等情形呢？

《紅紅》是北斗公司創作，我懷疑聰明的李湄何以會選擇這樣膚淺的劇本來作處女片，該劇雖有好的演員合作，也不能掩飾空虛，雜亂，幼稚的故事發展過程，唯一可取的是插曲不壞，李湄的歌喉有相當雄厚的本錢，但願她今後對「北斗」的出品，好好珍惜，要做到真正不為牟利而拍片，才是熱愛她的人所期待的。

在桌前坐看林黛吃麵，是一種享受，看她慢慢把麵條夾了往小嘴裡送，吃得那麼慢斯條理，櫻唇沾不落一點口紅，一邊吃，一邊說，我問她：「看著，妳吃不下了吧！」她嫣然笑著，「那裡，我吃東西比較慢！」別看林黛年紀小，她最懂人情，逢人都是滿面春風，閃著亮而黑的大眸子，小巧甜蜜的嘴，一口整齊的白牙，笑得那麼動人，那麼可愛，兩道伊麗莎白泰勒式的眉毛修飾得多麼調和勻稱，我說她是今年度衣飾最合適，最懂得穿著的女明星，讀者大概不會反對吧！

林黛最年輕，因此連葛蘭都叫她一聲「小鬼！」小鬼人小心可不小，她所拍的片子張張叫座，論演技她有獨到的風格，若再加以時日，前程未可限量，以她的青春美貌和智慧，別人難免不讓她三分哩！

燕燕是我年輕時喜愛的影星，十幾年前她的《芳華虛度》和《蝴蝶夫人》不知風靡多少有情男女，想當年我自己便被賺去不少眼淚，如今見了她，仍不能忘卻那時情景，我對她提及此事，她卻連片子的內容都快忘懷了，不斷的說：「太多年啦！是怎麼樣的故事我都不清楚了——」，她時時顯出銀幕上所熟悉的甜靜的笑容，那顆黑色的美人痣依然在唇邊，像一個永遠不變的光榮的記號，雖然歲月催人，流光不待，我依稀難忘當年小鳥的風姿，卻似春夢不留痕……。

有人說陳燕燕老了，但她的皮膚依然白細光滑，面無皺紋，她老在體態失卻了苗條，動作也缺少活力。有人說白光老了，她雖是臉上留著無情的線條，但全身活力充沛，談吐風生，不覺遲暮美人的蕭索，這兩個不同典型的女人，相差有多遠啊！

三軍球場外影迷叢中，一個女學生看到了白光，不禁叫說：「白光，老太婆了嘛！」這話落在白光耳內，在休息室中，她感慨的說：「人總要老的，這有什麼辦法，恐怕她們到了我這個年紀比我還要老呢！」這句話似含有無窮哲理，白光快人快語，可見一般。

喜歡黃河的女學生們，見了盧山真面目，不免略感失望，因為他不像銀幕上那樣少年英俊，更見消瘦而憔悴，但我喜歡他儒雅的風度，尤其當他每次在人群中致詞時，訥訥難言的勁兒，實在可憐復可愛，他是藝人，能不流於「俗」，已很難得。

王豪的長處正如他的名字，豪爽！北國男兒的氣魄，南方君子的溫存，他兼而有之，怨不得燕燕死心塌地的愛上了他，誰都愛跟他做朋友，說起話來熱忱誠懇，絲毫沒有電影明星的陋習，在此寄語王豪，等著瞧你那一部理想的片子，祝你早日開鏡！

編案：本文約發表於一九五五年，為「藍明影話」專欄之文章，刊登報章不詳。

耿震，在回憶裡

——為一代劇人逝世周年而作

去年，「六四」天安門廣場事件舉世震驚。就在那前一天的清晨，六月三日，耿震因癌症病逝北京，結束了他為劇運而奉獻了一生的生命，享年七十二歲。他不曾知道廣場上年輕的一代，正接下了他的棒子，為民主、為真理而流血，而播下種子……。

死訊，是北京的朋友專函相告，使我在為死難於天安門的年輕人悲憤之際，更加添了多少愁思。由於「六四」突發的波濤洶湧，國內外沸騰，北京顧不了一個為文化工作的老人凋謝。名劇人耿震的死，不曾引起注意，葬禮簡單，沒有告別式，沒有追悼會，直到六月七日，才默默的火化了。

將近一年了，我常常想起他，在回憶裡，一切仍是那麼鮮明……卻已是四十三年塵封的往事了。

一九四七年，耿震與劉厚生所率領的「觀眾旅行劇團」來到臺灣，那時，臺灣劇壇一片荒蕪，乍回祖國的臺胞對中國文化相當陌生，語言也很隔閡，外省人很少，話劇的演出可說是極為冒險的。

就在「觀眾劇團」來臺的前一年，我和一些喜愛劇藝的朋友組織了「青藝劇社」，是臺灣光復後第一個經教育廳立案的話劇社，「青藝」團徽是琺瑯質的別針，形式是一艘小小的白帆船，迎風破浪，創意新穎。這樣前進著的小船，正像當年二十出頭的我，活躍、青春、無畏懼。

臺北第一屆記者聯誼會資助商請「青藝」演出《雷雨》，我飾繁漪，她是一個長年壓抑在禮教之下，渴望愛情的怨婦，我的年紀還不夠老，演出之後，卻幸運地得到劇評人很高的評價，那是我在成功中學任職的時期。

不久，我轉入臺灣省新聞處，我的工作在第一科，專職彙集重要的新聞資料供省主席參閱。由於喜好，我在空餘的時刻寫作，以「藍星」為筆名在各報撰稿，當「觀眾劇團」演出時，我曾寫過一篇專欄，還記得標題是：「他的眼睛是火種──金嗓子耿震印象記。」

話劇，自五四運動萌芽，直到抗戰大後方時期，發展至巔峰，優秀的演員那時星光燦爛，各顯威風，在困苦的物質環境下，話劇至善至美的演出，確實是受群眾歡迎的劇種；但是，那個時代，也正是國共兩黨明爭暗鬥，政治的衝突愈來愈尖銳，文化工作者，尤其是年輕人，往往不知不覺作了無謂的祭品，有很多朋友，就這樣莫名其妙地犧牲了，若是以今天的情勢來說，我不能不歎息，許多寶貴的、優秀的知識分子，死得多麼冤呵！

有人說，「觀眾劇團」是中共地下組織安排，假借臺糖公司的名義而來，在臺灣將近十個月裡，前後演出過四五部完整的大劇：《清宮外史》、《岳飛》、《萬世師表》和《雷雨》，但是始終我並不了解劇團與政治的關聯。

我和耿震相識，不僅因為我常寫作，也因我最先在臺演出過《雷雨》的關係。對戲劇的熱愛，使我如癡如醉地看了他每一齣戲，折服於他精湛的演技之外，也被他在臺下文靜平和的氣質所吸引。

那時臺北的文化圈人數不多，僅有的演出場所是「中山堂」，酒會則多半在「光復廳」，或者「記者之家」，其實，當年整個的臺北市寧靜美麗，如一片鄉村，一座花園，完全與現在的混濁喧嘩不可同日而語，人們的生活樸實，社會風氣祥和。在那時的社交圈裡，我們享受了真正文雅高尚的友誼交流。「觀眾劇團」有不少一流的好演員，記得著名的白楊在上海就曾和耿震二度演出過《萬世師表》裡的爾婡，到臺北，才由崔小萍演出。另外有陽華、沈揚等，不但臺上演技熟練，無懈可擊；下得臺來，他們能說善道，談笑風生，很容易變成熟朋友；而耿震不同，他多半是含蓄的，話不多，總是帶著一絲羞澀拘謹的微笑，卻又是溫柔熱情地用眼光顯示他內心的歡愉，在多數的酒會裡，他的沉默，使我想到《清宮外史》裡的光緒皇帝。

他說，他一接過《清宮外史》劇本，就愛上了這個皇帝的角色，光緒的性格、心情，和他自己的處境意外地相近，他寫過：「……光緒皇帝的矛盾，軟弱的感情，我有。和我相同的知識分子，都多少留著他的影子。從生活在我四週的人們身上，我找到了他的痛苦，他的悲哀。我懂得光緒皇帝是在想什麼，他厭恨他自己的生活……」

也許，當年的我也有相似的感觸吧，我們因此彼此吸引著；我們見面的機會不多，上妝前及卸妝後的片刻，以及幾次晚會的場合裡，僅有幾次是單獨坐在春夜的草坪上暢談，忘記夜露的來臨……如今回憶，每次所談的，不外文學、戲劇、共同喜愛的名著小說……。他多次提及我們山東人的個性，稱我老鄉，實際上，我祇是出生在青島，在山東住的時間極短。那一年的耿震，三十出頭，一副少年老成的樣子，尚未結婚。而我正嘗著早婚的苦果，意志消沉。

終於，「觀眾」準備離開臺灣了，財源不繼是主要的原因之一，臺灣社會當時是相當窮困的，即使已降低了票價，有時以半價優待，多數的民眾還是難以負擔，何況政府所抽的娛樂捐百分之四十三，劇團又得擔負劇本費、導演費、場租等等，這麼龐大的一個團體，如何能維持演職員的基本生活所需？耿震曾歎息說：「現在的劇運真是前途渺茫呵！」在「話劇」式微的四十多年後的今日，我仍清楚地記得他那傷感的聲音。

惜別的晚會上，眼望著這一群生活清苦，卻依然充滿信心的劇運工作者，我心中哀傷不已，此去，生離或死別，時局正亂，誰知何日能再見？前途是如此茫茫不可測，舉杯互祝的時刻，大家的心情一樣沉重。

耿震是其中予我印象最深刻的，他飾演的「光緒」、「岳飛」、「林桐」……每一個角色出神入化，爐火純青，他的扮相清秀之中，透出陽剛正氣，他能細膩地將內心戲表達得恰到好處，無奈幽怨，悵惘地扣人心弦；他天賦嘹亮的「金嗓子」，句句臺詞清脆如落盤珠玉，音色絕美，中山堂最後一排的觀眾可以清楚的聽到，那時劇場並無科技輔助。上蒼賦予耿震作為好演員的條件，來臺以前，已享盛名。

他是山東陽穀縣人，一九三七年進入國立戲劇學校，「七七事變」，他開始投入抗日劇的活動，演出《放下你的鞭子》等街頭劇，直到演出《岳飛》，一舉成名，受到輿論界很高的評價。離開學校，在重慶演出過《秦良玉》、《邊城故事》，他加入「中藝」、「中青」、「怒吼」和「中電」等劇團，先後演出過《北京人》、《閨怨》、

《欽差大臣》、《重慶廿四小時》等十多部話劇，一九四四和一九四五，他在上海二度與白楊主演《萬世師表》，轟動劇壇，演技精煉，是他全盛的時代，接著才來到臺灣。

將近十個月期間，有限的相會，使我知道他不是「明星」，是一位真正有修養的「演員」，他平時愛好閱讀，那使他充實舞臺的知識，知識也令他出類拔萃，流露出一種精神上的美麗的內涵，良好的氣質，和平正直，十足的君子。

他將離去，臺北的文化人感到失去了好友而惆悵，報章時常刊載惜別的文字，而我無心寫作，沉默地接受殘酷的現實；「觀眾劇團」終於在一九四八年走了，帶去我所喜愛的演員耿震，帶去許多為劇藝耕種的年輕人，他們全部走了，祇留下崔小萍。

接著，大陸變色，海峽風雲險惡，悠悠數十年的島上歲月，在渾然不知中催人老去……偶爾，我還會在腦海泛現耿震的影子，但已如夢幻，逐漸淡了，總以為彼此已相隔在兩個不同的世界，今生永難再見。

誰知我遷居美國，美國與中共建交，命運奇妙地改變了歷史，曾留在臺灣的人，作夢也料不到有朝一日能重回故鄉，我又何曾想到能和耿震重逢呢？

八二年秋天，我由美第二次回到故鄉北京，偶爾談話中，得知耿震在北京，仍做他的本行，當時是「中央實驗話劇院」的導演及教授。

已逝的名演員藍馬的外甥孫大來和我是遠親，是個很熱心的青年，經他聯繫安排，約好到耿震家作客，我將當日其他行程排除，由大來陪伴，興沖沖地去赴約。沒有交通工具，祇得坐公車前往，人多車擠，路又遠，我無怨地忍受顛波，滿心激情和喜悅，下車步行一段路程，到了一排樓房，入口放著好幾輛自行車，循梯而上，他家住在三樓。

耿震在門口，卅五年不見，我幾乎說不出話來，他的妻子黃音也迎了出來……。耿震瘦了，明顯地刻劃著歲月的痕跡，但是他的聲音，他的眼睛，還是動人如故，他也不客氣地端詳著我，我知道，他心裡一樣感歎著時光對一個少女的無情折磨，當我們分別卅五年後，伸出手來相握的一剎那，不能不感謝上天的仁慈，我強制住眼中的淚，我覺得他的手在顫抖……。

黃音是泰國華僑，美而柔，兩人非常相配，生有二子，一個名叫小震。環顧四周，小家庭當時已有電視、冰箱，算得上優裕。黃音下廚做的菜，味頗可口，可見是賢內助。那時「觀眾劇團」的主持人劉厚生也來了，我們也欣慰地互道別後情況，他倒不見老，仍留著當年一樣的平頂髮型，還是那麼和悅的神色，席間，談到許多共同的老友，有生有死，感慨萬端。自然而然，話題轉到可憎恨的十年「文革」，對中國文化及劇運，有深遠的影響，他們能夠安然無恙，也算是奇蹟，無數文化人在那長久的煉獄裡焚化成灰，死不瞑目呵！最後，他們問及留在臺灣的崔小萍。

我自從由省新聞處轉入廣播界工作，十幾年未曾間斷，也因此結識在中廣的崔小萍。她有豐富的舞臺經驗，能導能演，使中廣的廣播劇家喻戶曉，功不可沒，在沒有電視的時代，的確是民眾的精神食糧。可惜，正當她的事業如日中天之際，不幸被捕入獄，經過多年磨難，幸而重獲自由，我把這個訊息帶給他們，他們高興極了，耿震更是激動地叫著：「她還活著，真好，她還活著！」

他們照舊稱呼我為「藍星」，我不得不解釋這個有「星」的名字幾乎也把我送進牢獄，十六歲開始，我以「藍星」筆名寫作，不料一本臺北出版的「綜藝電影」封面有一顆藍色的星，警總警告說：「星」，是「共匪」的標誌，不管紅的藍的一律不准使用，連帶我這撰稿人也受牽連，直到我不得不決定將「星」字更改為「明」，從那時，開始用「藍明」二字在臺灣文壇上求生存了。也許有人還記得我所寫的「藍明影話」，即是定期的影評；多年以後，余光中主編的《藍星詩集》問世，並沒聽說有什麼麻煩，畢竟是時代在進展吧？！

餘生往事，說不盡，無論如何，我們彼此多次舉杯為「劫後餘生」而自慶，在這樣動亂的大時代，在如此悠長的分離年月，再次重逢，怎能不恍若隔世呢？

席終告辭，耿震送了兩個小小的藍花瓷瓶給我，另外兩盒「刺五加」。同時，他堅持要步行送我一程到車站。

我希望公車慢一點開到，好讓我們的相聚長一點——那怕祇是一點點……一路上，我們沉默著，雖然，在我們年輕時無意間的偶然相遇，一粒小小的友情種子埋在心田，它超越過盛開的繁花季節，當年華老去，卻收穫了不朽的金色果實，那就是永恒的記憶——

車已經來了，夾雜著人群和塵土，我鬆開和他緊握的手，擠上車去。說再見也不容易，好像我一句也沒說，車搖晃地慢慢開動，我們無言地窗裡窗外相望著，我祇突然覺得他那一雙眼睛，含著淚，卻火似的燃燒，似曾相識……是在舞臺上嗎？光緒的？岳飛的？林桐的？那眼神使我迷亂，哽咽地被悲哀堵塞住，車開遠了，影子在淚光中消失！

回到美國，我又投入忙碌的生活，忘形地過著典型的美國人分秒必爭的日子。沒有心情寫作，塵封了筆硯，和友人的往返信件也疏懶下來；每年總算還維持著賀年卡的禮貌，耿震寄來的卡片特別精緻，還記得八二年的一張是他親筆以工整的毛筆字，用金粉寫下的詩句，端正秀美，一如其人，令我不忍釋手。

我常常自怨自責，西方的環境果然使我泯滅了精神心靈上的美嗎？為什麼我變得如此俗不可耐？不能在百忙中勻一點時間，坐下為遠方的朋友多寫一封信呢？其實，我不是十分渴望著友情的滋潤嗎？午夜夢回，我曾坐在窗前望著暗藍的海洋，嚮往著朝東流去的水波……。

去年，我計畫九月間與丈夫的扶輪社團體再同回中國大陸一遊，一切就緒，卻不料六月四日天安門事件發生，不得不取消所有行程，又如何料到，即使果真能夠如願在九月回去，也已經看不到耿震了。

北京「中央實驗話劇院」於去年六月廿一日發出的訃告上，記載了耿震的官方經歷，他曾是中國民主同盟北京市委、民盟中央文化委員會委員、北京第八、第九屆人大代表、民盟北京市委副秘書長、文化委員會主任、中國戲劇家協會理事、中央實驗話劇院藝委會主任。

劉厚生在悼念耿震的文章裡寫著：「你這一生沒有白活」，也是確實的寫照。我想，他最遺憾的事，還是痛恨劇藝受到政治壓迫的黑暗時期，把他一生美好的年月浪費了，等到陽光重照，他已老邁，太多對劇藝有貢獻的工作，已力不從心，無法開展了。

回憶耿震，今夜，在燈下，我回憶一個為劇藝文化而獻身者，他為戲劇而生，而死，始終沒有離開過崗位，我彷彿看到年輕的自己，睜著大眼，在臺下痴迷地觀賞耿震的演出，情景一如昨日……。

幕，終於落下，無聲地，永遠地落下——

耿震，永遠在我的回憶裡。

一九九〇於加州帕洛斯佛地半島

編案：本文原發表於《傳記文學》第五十七卷第一期，一九九〇年七月。

與江南相交三十年

與江南多年共事，目睹江南的婚變、「正聲」的易手和《臺灣日報》的創辦。到美國後多次的接觸，夏曉華赴美之事，江南亦以短箋相告。

江南被殺的第二天，從蓉芝電話中得知慘案發生的情況：他倆相對喝完了咖啡下樓去，突然蓉芝忘記了什麼立刻返身上樓，那時就聽見像幾個罐頭落地似的聲響，她還向江南嚷道你怎麼搞的？下樓一看，江南已倒臥血泊之中。

「……一槍打在臉上，好多好多血……滿地都是血……」

她哀戚卻冷靜的聲音，不斷在我耳畔迴轉，閉上眼，江南浴血的面孔，像影片似的重複閃現，我經過好幾個徹夜難眠，悲憤憂傷的日子，始終難以釋懷，像所有江南的朋友一樣，心情沉重極了。這種感受，當卅五年前，一位知友以二十六歲英年在臺遇難時，我曾深受那種震駭痛楚，而今，萬想不到，身在海外，世稱自由民主之邦，卻依然發生了一樣黑暗殘暴的謀殺行為，卻更是迷離且無奈……。

儘管江南之死所引起的軒然大波已近尾聲，歷史為鑑，再大的波濤，終將為時間所湮沒，終會雲煙消散。但是，由於江南身後譭謗扭曲，不實形象的報導太多，使我難耐。

我，一個生性和平又重情義的人，內心有一點怒火難以息滅，我不能緘默。

早期同為「正聲廣播」同事

認識江南，近卅年了，應該是一九五六年左右。

我們先後進入「正聲廣播公司」，我比他早幾年，正是總經理夏曉華全盛的時代。夏先生親自策劃的幾項廣播節目，非常成功。愛才惜才的個性，使他廣容了一些特立獨行的人物，其中包括了日後成為「新聞」目標的、各界對其褒貶不一的江南。

一次改組，我編入了記者行列，隸屬於當時由美國訪問歸來的夏總經理新創的「公共關係部」，主任是蕭汝灼先生，我們稱他「蕭公」而不名。他麾下有當時兼職徵信新聞（《中國時報》前身）的記者王彤以及李寶淦，再就是本名劉宜良的江南和我。實際上，我們等於直屬夏曉華調度，「蕭公」並無實權。

夏先生重感情，雖然「知人善用」，有時也難免不流於「姑息」，他始終對王及劉二人寵愛有加，由於他倆靈活機智，筆鋒犀利，是夏先生倚重的人材。我和江南錄製節目的時間不同，不常見面，他給我的印象是永遠來去匆促，坐立不安。

江南婚變展開悲劇序幕

年輕的江南已婚，有家累，經常穿一件暗藍色的風衣跑新聞，這也是那時記者們的時尚，一派不修邊幅的神氣。他文思敏捷，下筆流暢，唯一比王彤、寶淦差的是國語不夠標準，做廣播這一行顯然吃虧一些。然而，他的才華日益受到注目。那時，我和他夫婦偶有往返，他家住臺北中和鄉大街旁的小樓上，有如臺灣當時一般的文化人，大家的生活都是相當清苦拮据的。他的前妻貌美慧黠，我還記得她臉上一對深深的酒渦。然而，造物弄人，令人生羨的快樂夫妻難以預料的變化竟然發生——

那一年，第一屆商展在臺北舉行，「正聲」鑒於名義上商業電臺的性質，在會場安了個「攤位」，很有規模地設立了一間可透視的播音室，另外銷售各種公司的出版物。我分派按時在室內廣播的工作。「正聲」能對外的女同事不多，節目主任周岐峰乃建議情商江南漂亮的太太加入行列，擔任一些銷售方面的事情，並為她取了個「劉敏」的名字。

由我選料裁製的「正聲」商展制服，是灰白相間直寬條的花式，樸素淡雅，很大方，也很吸引眾人的視線，尤其穿在劉敏身上，分外好看。商展在當年是相當轟動的，各報記者紛紛雲集，我即發現某報有一位記者來得特勤，幾乎每天都來「正聲」攤位報到，顯而易見「劉敏」是他的目標。等到商展結束，江南的婚姻現出危機，終於演變到不可收拾的地步。這是江南一生悲劇的序幕，偏偏是我親眼目睹的。

江南婚變時，正值我自己剛從不幸的婚姻中掙脫出來，為了維持子女的生活及教育，負擔沉重，無心他顧，我竭力接播各種不同形式的廣播節目，以增收入，同時爭取各種可能出國採訪的機會，以廣見聞，那種「孤軍奮戰」的苦況，實是一言難盡。不料世事多變，夏曉華如日中天的事業突然四面楚歌，他被迫離去一手創辦的「正聲」，開始著手《臺灣日報》的事務，追隨他轉移的工作人員中，有他的愛將劉宜良。他已是讀者日漸熟稔的作家「江南」了。

各奔前程之餘，幾乎難得一見，尤其當我再婚後，放棄了壯志雄心，變成一個慵懶的主婦，每天在家讀著江南出色的報導新聞《東南亞記行》，覺得他文字更加洗鍊了。

那一段期間，江南從婚變的創痛中尋找了求知的路，他發奮地苦讀英文，立志深造，更重要的，是那時得到了崔蓉芝的愛情，他復活了，像受傷垂死的鷹，又展翅飛翔。

異地重逢，恍如隔世

他以《臺灣日報》特派員的名義到了華府，勤儉苦學，得到美利堅大學碩士的學位，對於已有家室的人，他實在無力負擔龐大的費用來進一步攻「博士」，他仍然寫作不輟，兼營商業，奠定生活的基礎。我們一直沒見面，直到異地重逢，恍如隔世，是當他結束華府的一切，全家西遷的時候。

我從臺灣遷居聖荷西是由於長女在IBM就業，可就近團聚，家居寂寥，無所事事，就在離家咫尺的地方，開了一家冰淇淋餐廳，生意興隆卻把我每天困住。我還是利用片刻閒暇享受閱讀的樂趣，那似乎是我生活在美國唯一的精神慰藉了。那天，正坐在收銀機旁看報，電話鈴響，原來是江南自舊金山禮品店打來的，當他知道是我本人說話，立刻發出爽朗的笑聲，連名帶姓的通報過來，接著他連珠砲似的話語，一句接一句，把十多年隔絕的距離一下子拉近了，好像我們昨天還在「正聲」見過面似的，親切極了。他一再的嚷著：「你太忙的話，我們來看你！」

金山與聖荷西之間，至少有一小時車程，終於他帶著蓉芝來到店中，那是我第一次見到蓉芝。蓉芝，像她的名字一樣，柔美，她話不多，總是帶著微笑，寧靜地聽江南口若懸河，他倆配合得恰好，令人喜慰。凝神看看江南，他比我小好幾歲，入了中年，添了華髮，稍微發福一點，其他簡直沒變，他還是有點席不暇暖，迫不及待的神情，坐著坐著，會忘形地抖動他的腳。記得老人家曾告誡過：「別抖腳，越抖越窮！」幾次想說，怕被他笑作「迷信」而罷。此刻想來，這是不是凶終的相呢？凡是他的熟朋友，都會記得他永遠在「動」，在「探索」，如奔泉狂流，不能靜止。我們漫無邊際地談著，談著，時間飛逝，他們要去接小兒子不得不走，我答應下次該我去金山看看他的店。

不久，他開始陸續寄來在報章雜誌發表過的文章，例如《懷白克》、《故鄉行》等等。八三年八月間，按期剪寄在《論壇報》上連載的《蔣傳》，因為我並未訂閱該報，他寄來讓我先睹為快，也提及即將出書的計劃。

正巧住金山的一位長者壽辰，我去拜壽，就提早在上午出發，順便去看江南，我覺得好像去看自己的弟弟。

那是最後一次相聚

記得那天他早就站在路旁，笑著迎我入店，店面不大，陳列著進口名牌的陶瓷禮品，有些成品精緻美麗，價格高昂，據說有一般夠水準的客人光顧，年節之際，生意必然可觀。右側小小的櫃臺上放著收銀機，臺後一張小椅，上下前後零星地疊著一些書報紙張。許多文章就在他獨自照顧店務時，半坐半靠地寫出來。信，想必也在同樣地方寫的。這兒也是他結交朋友的所在，總有熟人出出進進，兩岸人士都有。

他把店交給一位小姐，然後領我由側門進入鄰座一家西餐館，點了午餐，邊吃邊談。話題太廣泛，轉著轉著，多半又轉回「正聲」時代，故人往事，星移物換，感觸無限。我們各自慨歎韶光易逝，年華不再，卻互相慶幸彼此家庭美滿，夫復何求？他一再強調蓉芝的體貼賢慧，過去的創痕顯然已經平復，使他完全是個滿足的，充滿自信的人，似乎對人生有著「戰無不勝」的豪興。

飯後，他開車上了蜿蜒的山路，車飛快，他又不停說話，我真有點膽怯，他說常帶好友上來，仗著路熟直達山頂平原，車停妥，才見眼前乍現一片茫茫無際的大海，下得車來，祇見遠處金山灣區的景色盡在眼前。我被這廣闊袒裎的山水壯觀所懾，半晌說不出話來，祇輕歎著「太美了！」

江南指著對岸市區，說那是他家所在，要我下次一定去他家玩。金山常常風大陰冷，難得碰上好天氣，那天不但海景清晰如畫，且是風和日麗的初秋時節，使我長久壓抑的心胸為之一暢。背著海景，在山巔，我們交換著照了兩張照片，洗好以後卻一直忘了給他。

下山途中，他堅持在半路一家小舖子買了冷飲，還抱怨那兒買不到更好吃的東西。車轉到山下，到達當年世博會的遺址，找了湖畔一張長椅坐下，湖中有群鴨戲水，映著秋陽，狀至悠閒。我們談到海峽兩岸許多共同的朋友，影劇界、文藝界都有，談到他們洋溢的才華，坎坷的遭遇，有的亡故，有的倖存，對於政治一向不感興趣的我，對血腥暴力更是深惡痛絕。我提到《蔣傳》內容雖然立論公正，終究目標過份觸目驚心，這是何苦來？他強調，一切資料來源都有實據，不寫一句假話，公道自在人心。他更進一步強調，他絕不是「左派人士」，對中共有強烈的批評，對臺灣也有「恨鐵不成鋼」的抱怨，這是無數海外知識分子普遍的心態。但是誰願意公開談論？心直口快的江南，卻不會忍得住。我不禁問道：你不怕嗎？他不假思索地回答說：這兒是美國，言論自由，法治人權，怕什麼？

回到店中，知道我路不熟，他為我畫了張街道圖，祇用了幾秒鐘的快速，清楚簡明，使我很容易開車去赴壽宴。這張圖，顯示他敏銳聰明的另一面，我至今還保留著。

那個下午，是和江南相識近半年來，難得的一次相聚，不料也是最後的一次。

江南生性崇尚自由，孤傲自負

八三年九月十二日信上，他寫著——

「……我是個自由主義色彩非常濃的人，具思想意識，是沒有一個獨裁者喜歡的，除非默然，除非『彎著腰過日子』——殷海光語。美國的可愛，material life 尚其次，我們生活在精神自由的天堂裡。可惜凡夫俗子太多，他們祇追逐不值一文錢的名，和一點小利。我看不慣那些事，也看不慣那些自以為識時務的人物，因此，獨來獨往，不理的人，乾脆不理。……」

我可以想像，熱情坦率是他的長處，而「口沒遮欄」卻可能使得某些人物退避三舍。蓉芝再三對我說：「江南心裡想什麼，嘴裡立刻說出來，他沒有秘密，也藏不住秘密，這種人怎麼能做情報工作？」

我有同感，我不相信謠傳。

九月廿一日，信上寫著：

「……我的生活平靜，單調。看書，寫作。聊天為僅有的嗜好。聊天，找對象也不容易，這世界上庸俗浮淺者多，能讀點書，有點世界觀，有點歷史知識的，那就少得可憐。

人不進步，主要是知識落伍，我們共同朋友中，犯落伍症的，比比皆是……」傲骨天生，十分自負，吃虧在得罪人猶不自知。

我出售了冰淇淋店，打算把家搬到洛杉磯來，也趁機盡情旅遊，補償自己的辛勞。那期間，我們偶有往返信件和長途電話。

夏曉華負特殊任務至美

我留在洛城二女兒家時，收到江南在十一月十九日的短箋，提到夏曉華先生夫婦要來了。且有特殊任務。我以為那是江南的「狂妄」作祟，當局怎麼可能這樣做呢？夏先生有子女在美，他也許是來探親的吧？！無論如何，老上司理當好好招待，一盡地主之誼，何況我在「正聲」工作了十幾年，與夏老總在一起的「悲歡歲月」，也是我生命史上難忘的一頁。不久，我與外子在家迎接了夏曉華夫婦及他們的長子鑄九，江南沒來，聖荷西很少好館子，祇得簡慢的款待一番。夏先生曾問我對江南的看法，我坦誠的說出我對他文采的欣賞，佩服他苦讀有成，慶幸他娶得賢婦，但是，我一向反對文人筆下尖刻寡情，總要設身處地放忠厚些，文人，更不可蓄意「待價而沽」，形象醜化。當晚，夏先生懷著滿腔心事，欲語還休，始終顧左右而言他。我知道他和江南之間友誼深厚非比尋常，如果真是為了某種任務而來，必然心情沉重，頂上一朵烏雲難以消散。我是局外人，又不明真相，不便再說其他。

夏先生回臺，江南去了東部，我忙著搬家到洛城。

八四年三月廿八日的信說：

「……在東部，和吳國楨長談，甚多獨得之秘，正撰《吳八十憶往》中。對歷史一直有興趣，現在濫竽充數，也算是historian了。」

除此之外，近十年來他收集了各方史料，準備寫一部《龍雲傳》，我不知道已完成多少，以他熱衷又固執的性情，後數度回中國，到處搜集有關資料，種種跡象，證明他果真以一名historian自居，他一定能完成一部完整的《龍雲傳》，假如他還活著的話。

研究歷史是一種令人沉迷的學問，好像碰到了陳年好酒，飲者自醉，越陷越深。江南少小離家，歷經波折，家庭與社會的背景，磨鍊成強勁的性格，甚至到了「明知故犯」的地步，不斷對命運挑戰。他是如此之聰明好學，加以文思敏銳，一旦迷上歷史的美酒，就此難以自拔！對他來說，這是一杯致命的酖酒呵！

我不曾到江南靈前致敬，不忍見那盛放骨灰的罈子，曾為了追尋理想，寒窗苦讀，敢於逆境中勇往直前的一介書生，把他寶貴的生命和對祖國的愛，都裝在那小小的罈子裡了……

真相，終有水落石出的一天嗎？我懷疑。

編案：本文以筆名「藝文」發表於《九十年代月刊》，一九八五年十一月。

今夜深沉雙淚垂
——悼念敬愛的夏曉華先生

二〇〇三年三月八日，是夏曉華先生去世的日子，噩耗傳到美國，已經遲了幾天，我立即給夏太太打了電話，在電話兩端，說不了幾句話，悲傷和淚水把我們淹沒了，哭泣的我，真是百感交集，乃至語無倫次，祇得掛斷，當時我向夏太太許願，我要寫一篇悼念夏公的文字。

我一生所經歷的「生離死別」，可能不是一般人所遭遇的，我也覺得自己生命中的曲折與眾不同，而今，感謝　天主的恩寵，老來得以過著平靜的退休生活，唯一令我痛苦遺憾的，便是接二連三像狂飆般襲來的喪訊，幾乎使我招架不住，我沉浸在回憶中，往事如春潮洶湧。

記得半世紀前，我在臺北困窘於不幸的婚姻之網，難以自拔進退兩難，曾有愚昧的輕生意圖，幸而突然清醒過來，發現改變運命仍需靠自己的勇氣，我試著給「正聲」的夏曉華先生寫了一封求職的信，我說我願意去「正聲」重新開始我的廣播生涯。不能不信緣分，夏先生覆函很快寄到，且要我即日去公司報到，接播趙淑俠小姐的早班，她要遠去瑞士了。

我以忐忑的心情開始做每天開播的早班播音員，正聲在長安西路，離我居住的水源路很遠，祇有起大早趕十三路公車，長途跋涉，內心的感觸真多，心想，這份工作值得做嗎？在廣播界我並非無名小卒啊！我曾任軍中廣播總隊的編輯、民聲電臺的小說選播主播，民本電臺節目部主任……正在徬徨的心情下，夏先生要我去他的辦公室談談。

充沛著活力、笑容可掬的夏老總，自有一種上司的威嚴，他表示歡迎我成為「正聲」一份子，同時將公司的節目部主任周歧峰的特性和才藝作了簡明的介紹，也說到好幾位同仁所擔任的節目，他說：「我已經設計了一個新的節目，希望由妳播出，這裡是『夜深沉』的主要內容，妳仔細看看，有什麼意見可以告訴我，將來妳不必再做早班的工作，當然其他節目需要妳，周主任會對妳說。」

「夜深沉」是每天深夜十一點到十二點的一小時節目，原由美麗的謝馨小姐播出，稿子都是夏先生親自寫好由謝馨播讀，也許未能達到夏先生的理想，播了幾天，他找到我，我明白他的心意，正好我當時的情緒與之十分配合。我建議以小夜曲為「片頭」音樂，由李寶淦沉著的聲音介紹我出場，在那靜靜的夜裡，低沉的音樂已帶動了氣氛，我選了許多世界名曲，尤以〈聖母頌〉之類的曲調在夜深時散播出超塵脫俗的意境，能使遲睡的人心靈昇華，我特意壓低自己的嗓音，緩慢地訴說我的心境、我的感受，我常選讀情意綿綿的詩句，每晚一首名詩人的作品，以輕輕的音樂為陪襯，效果絕佳，同時，我手邊不少文學作品、散文精品，能提高聽眾的想像力，也安撫我自己的寂寞。當我開始收到許多聽眾的來信時，我知道我做到夏先生所期待的結果，我的喜悅比夏先生更多，由衷地感謝他知人善任的智慧。

夏先生和公司同仁相處有如家人，逢年過節常常邀請同仁到芝山岩家中餐敘，他的岳母左老太太和夫人左柏華女士和藹可親，下廚做出多種美味款待我們。至今我仍對左老太太仁慈的形象不能忘懷，她有一種東方女性特有的氣質，清瘦的體型，仙風道骨，慈眉善目，我常覺得她必是天上酒仙下凡，不然她那一杯一杯烈酒隨手乾杯，面不改色，從不醉倒，這不是「酒仙」是什麼？

有一次，僅有一次，我被邀去夏府晚宴，我發現多數的同仁享受著佳肴美酒。除了當年還是小朋友的鑄鑄，衡衡和小妹林清（如今都是大教授了），他們在眾人歡樂的場合，小小年紀循規蹈矩，顯示著良好的教養，我深深感到正聲團隊的精神，在夏先生府上，如同甜蜜的大家庭，人人都有「回家」的感覺。說來慚愧，我這滴酒不沾毫無酒量的人，幾杯下肚，剎時頭暈眼花，頹然倒下，夏太太扶我去後房牀上、躺下休息，自此我被夏先生足足取笑了幾十年，說我曾醉臥夏鑄九的床上，這個藍明阿姨真夠糗呢！從此逢年過節，我寧願獨自在電臺當班，讓其他同仁得以去夏府逍遙。

夏先生勤奮敬業的精神從未稍懈，他把正聲由狹小的長安西路遷移到重慶北路大廈，大家也為之振作，耳目一新。那時我除了「夜深沉」之外，為「正義之聲」製作了「華僑之家」節目，又以戰戰兢兢的心情接播了「上海時間」，這是對大陸播出的滬語新聞，我小時雖曾在上海求學，能說上海話，但播報新聞卻與口語不盡相同，幸而我勤於練習，克服了困難。有一天夏先生收到一封信，批示要我好好答覆，那信是中廣公司一位錢羽霄老先生寄給夏先生的，他信上說：

夏總經理：

貴公司「夜深沉」節目，親切動人。「上海時間」的上海話，道地而有吸引力，因此不得不寫信賀您選用得人，並賀您這兩個節目的成功。

錢羽霄啟

另外，他寫給我的信竟然說：

藍明小姐：

聽了您主持的「上海時間」節目，因為我是上海人，願意證明您的上海話百分之百的道地，聽了您的廣播好像回到了上海一樣……

這意外的讚美，讓我對自己有了信心，於是我自願出國的次數更多，我相信要放眼認識這個世界，不應侷限於小小的臺灣島。有一次，我去了金門，同行有許多歸國僑領，劉玉章司令在島上一處隱祕的地下室開會，我是唯一揹著錄音機採訪的廣播記者，至今我保存著在「勿忘在莒」石刻前照的照片，也是我一生難忘的旅程。

那一年，世界童子軍第十屆大會在菲律賓舉行，由僑委會支持採訪費用下，我同時訪問了馬尼拉的多位華僑領袖，也在烈日炎炎下採訪童軍大會的實況。陽光把我曬的深褐，一如當地原住民，我的一雙大眼，也與菲的女士們難以分辨，甚至許多菲人對我說著當地的語言，令我啞然失措。我也參加了當時菲律賓總統賈西亞的記者會，那是我生平第一次出席總統的招待會，誠惶誠恐，坐立不安，僑委會副主委李樸生先生當時在每一場合看見我工作情形，很是感動，他回臺立即寫了一篇報告寄給夏先生，稱讚我不愧是勤奮努力的好記者，夏先生將之刊登在《正聲月刊》上，我對夏先生說：「真是慚愧，賈西亞總統的談話好多我聽不明白，假如我的英文程度像張澍一樣好，那才算是成功的廣播記者啊！」

假如「正聲」由播種而茁壯，像一株幼苗日益成長乃至綠葉成蔭，變成一棵大樹，可讓我們在樹下避風雨了，那麼這園丁的首功應記在夏先生帳上。多少年來，凡是我見到的夏老總，他時刻專注於他所喜愛的新聞和廣播事業，每一項節目的設計，都是他的「心血腦汁」，我能感受到他那份忘我的付出，透支的精力，香煙不停地吸著，電話不停地接聽，在他的肩膀上，是負載著何等沉重的擔子啊！後來我才知道臺灣當時的新聞工作是多麼複雜，受限於現實環境，而夏先生雖具有相當紮實的背景，仍不免心力勞瘁，流露出他愛國憂國的苦心。

「一二三自由日」確實給「正聲」帶來無上的光彩，夏先生功不可沒。等到民國五十一年遷入重慶北路大廈，「正聲」的聲譽如日中天。但第一個波浪卻在意想不到中襲來，那是「葛樂禮」颱風所引起的水災，把大廈淹沒，發射機也浸水失靈，經過全體同仁搶救一星期之久，總算恢復了播音。當時正好夏先生在國外急急趕回，才不致群龍無首。在那樣滿目瘡痍、到處泥濘的時刻，我匆匆由南部探親歸來，慌忙到了公司門口，祇見夏先生一臉寒霜，怒氣沖沖叫我到辦公室，一邊大聲喝道：「妳怎麼可以不在這裡？這樣危險的情況，人人都在忙著，妳到哪裡去了？」他從未對我如此嚴厲，我覺得自己十分委屈，一時說不出話來，凡是我被誤解冤枉，我就固執地沉默不語，心裡想著颱風漲水又不是我的錯，為什麼怪我？我是向公司請假去南部剛巧碰上颱風，我也急於返回公司，我也一樣焦急惶恐不安啊！僵持了片刻，他深深歎了一口氣，望著我緩緩地說：「想不到魏景蒙已把發射機送來急救，真難得，妳見到他替我說謝謝他的好意吧！」

中廣的魏景蒙先生和羅學濂副座經常收聽「夜深沉」，常常我們三人約會吃小館、坐咖啡館，天南地北無所不談，他們更對我的節目有許多建議。羅先生愛寫詩，不但常帶給我各種名家詩詞作品，也將自己編印成冊和些即興的作品寄贈，他們的學識智慧使我傾服，我將夏先生的謝意轉達，他倆異口同聲說：「這是義不容辭的！」魏景蒙文采風流，書法尤佳，也許跟隨蔣經國先生國內外東奔西跑，積勞成疾，心臟病突發而逝，友好莫不痛惜，夏先生與我談到他，總是一再歎息，並對那次颱風淹水時魏總經理對正聲伸出援手的情義念念不忘。

有一天，夏先生興匆匆地叫我到經理室，對我說：「藍明，妳看看『夜深沉』的魔力可不小，今天美國西北航空公司來信，指定要妳播報他們的廣告，每隔一小時播出一次，請妳和周主任商量，好好的錄音吧！」我知道這個廣告肯定費用不少，而且也是民營臺首創的美商廣告，我高興地錄製它，很長一段時日，每天我聽到自己宣傳「西北航空公司」的聲音。

那一年，國泰航空公司首航誌慶，邀請幾位記者去泰國訪問，夏先生派我去，要我順便去香港訪問電影界人士。我到曼谷由駐泰辦事處安排訪問好幾位僑領，也訪問當地有名的仙樂廣播電臺，受到熱情的歡迎，並遊覽了曼谷的多處名勝古蹟，其間，有一位譚先生問我可認識在臺北美新處的司馬笑，若見到替他問候，我說我不認識，如果見到，一定記得問好。

回程到香港，夏先生早通知在港的梁綺武代約一些影星作訪談，奇怪的是我所訪問的邵氏新星杜鵑，以及洪波，日後二人均以自殺收場，林黛、樂蒂和我見面時，未能趕上她們空閒的時間，但相談甚歡，等我回臺，她們也先後自殺身亡，林黛的一雙美目，樂蒂的古典風華，至今令我不能忘。夏先生聽到我的錄音，指點很多應該加強的語氣，又再三提醒我也該向對方「宣傳」一些正聲的風格與立場，當時臺灣的處境，出國一次並不容易，我不得不領略夏先生一心一意對「正聲」的關懷，更感謝他三番五次把出國採訪的機會留給我。

經過中美兩國種種的困擾阻撓，司馬笑辭去美新處的工作，接任臺南亞航的區經理，我們的婚禮在臺北中國飯店舉行，夏先生是女方的介紹人，我的主婚人是何應欽將軍，這裡有一段緣由。那一年聯合國日，我專訪了何應欽和鄭彥棻，何將軍接受我的訪談後，天色已不早，他要去參加臺北賓館的聯合國日酒會，問我願不願去作採訪，他可以順便帶我前往，我猶豫了一下，見他的車門敞開等著我，怎能拒絕將軍的好意？況且，多做一個難得的節目，夏先生一定會高興的，於是我上車了，豈知這一個出乎意外的機緣，改變了我半生的命運。冠蓋雲集的酒會上，有很多知名人士，有我心儀的胡適先生，可是他祇望著我微笑。卻不料一個手持酒杯的美國人直直向我走來，自我介紹名叫「司馬笑」，真是神奇的一刻，是命運把我們牽在一起。其實我當時心中祇是想著如何做好我的節目，會說中國話的司馬先生，畢竟是很好的訪談人物。因此，當我們決定結婚時，必得敦請何應欽將軍做我的主婚人。

我們婚後遷居臺南，夏先生不願我辭職，要我在家中錄音寄往臺北播放，我家裡特意設置的小播音室效果總不如公司完善，況且我的心情不易融入「夜深沉」獨特的氣氛。我知道是應該向朋友們說再見的時候了，縱有千般不捨，卻是萬般無奈啊！

夏先生一手創辦的「正聲」事業，短短時間內逐步被情報局的葉翔之侵占，巧取豪奪的陰謀，使夏先生在四面楚歌之下，將心血汗水、苦苦經營的事業拱手讓人。我在臺南正應付著新的環境，自顧不暇，不清楚究竟為何「正聲」改換了老闆，我以為夏先生轉變陣地，要專心創辦《臺灣日報》，以他的才情，報業可能更適合他發揮潛能。他一再要求我為《臺灣日報》寫一篇文章，並指定題目：「我嫁了一個美國丈夫」，開始我推卻了，最後我投降，以我有限的空閒，每天寫著我並不想寫的文字，祇為了不讓夏先生不悅。想不到刊登以後，夏先生來信說讀者反應特佳，他所熟悉的高層人士，幾乎都向他提及每天愛看我的文章，他也再三叮嚀我，鼓勵我要不斷寫下去。

夏先生不是財經專家，不是政客，更非特務，他是高水準的作家。從我們相識至今，不但各項廣播節目的文稿，篇篇精采洗練，乃至數十年間寫給我的信，每一封我都保存著，歸納整理成單獨的檔案保存著。字裡行間，流露出他熱情又宅心仁厚的形象，常常在信中坦率地分析了我在美國的心境，讀完一遍又一遍，捨不得放下。每想到我何其幸運，不但有一位老上司善待我，情誼日久，且昇華作知己摯友，那親如家人的感覺，使久居異邦、心在故土的我，無限感激。譬如當他失去了《臺灣日報》之後所寫的幾封信，有一封開始寫著：

藍明：

讀妳的信，如同讀一篇美麗的散文，值得我重讀而讀後保存起來。一個兩家餐館的老闆娘，在美麗的美國西海岸，浸沉在月光中，沿著海岸，追憶著過去的人與事。你不是一個餐館的老闆娘，而是一個浪跡天涯的詩人。……

這幾句簡單純真的話語，似乎透視我心靈的深處，那隱藏的不為人知的寂寞。在他七十五歲那年的歲末，他收到我的賀年卡，覆我說：

藍明：

收到賀卡好些天了，我一向不寄賀卡，但對賀卡上附著一些話的朋友必覆以短信，妳是其中之一。

有些人做過的事似一陣風，吹過之後什麼都沒有了。前些時幾個廣播新聞界的老朋友敘在一起，突然有人提起妳與「夜深沉」，他們提出不少問題，如：一、你怎麼找藍明做這麼個迄今猶令人難忘的節目？二、這個節目從設計到持續是怎麼進行的？三、現在打開收音機在同一時段為什麼沒有第二個藍明出現？我說：人決定一切，有藍明這麼個人才有「夜深沉」……「夜深沉」不似一陣風吹過，什麼都沒有了，正如妳所說：「總算給人生塗抹一些色彩，不虛此生就是了」。這個節目所引發的許多故事我是知道的，對別人有影響，對妳也產生後半生的影響，在人生悲歡離合中，所喜這個節目是以喜劇收場，所以我站在中國飯店禮堂臺上，也可以說是當之無愧的。「正聲」要設置一個歷史性的陳列館，他們來向我要老照片，可惜我沒有「夜深沉」的照片，妳有嗎？

類似這樣平易近人的語句，常常使我感念在心。

江南之死，是夏先生心頭之痛，他愛江南之才，彼此之間不僅是上司與部屬的關係，他由心底疼惜這個才華洋溢、卻又鋒芒太露的青年，盡其所能地設法助他度過危機，但殘酷的命運終使江南中彈浴血而亡；我與江南共事多年，來美後均住在加州，也曾函信往來，多次專程互訪，我在《九十年代》曾為文詳述。後來夏先生伉儷數度來美，有幸我能接待在我家小住，那時被重逢熱情沖昏了頭的我，竟自告奮勇開車帶著他倆夫婦造訪他的老友蕭一葦先生，路途很遠又陌生，平安抵達後，眼見他們老友重逢的喜悅歡欣，深覺不虛此行，事後卻覺得自己膽子太大，不夠謹慎小心，應先查明路線，才是周全的，夏先生回去來信竟說我是他的「榮譽司機」。蕭一葦老先生文人雅士的氣質在洛杉磯遠近聞名，由於和夏先生的交情，蒙他寄贈墨寶，我才知道他已高壽九十五歲，這份盛情，永誌難忘。

夏先生被一些人稱之為新聞界的「悲劇人物」，以他所經歷的壓迫苦鬥，數十年心血化成雲煙，確實情何以堪？所幸他的兩子一女，學有專長，展現出跟父親一樣的堅強的意志，都具有不平凡的抱負和理想，他們的成就有目共睹。我有幸在他們少年時代有緣相識，雖然他們不曾聽過我的節目，祇聽到我的所謂「緋聞」，但我相信他們一定知道這個藍明阿姨是爸爸媽媽忠誠的好朋友。

今夜，窗外風雨交加，是我遷居拉斯維加斯第一個聖誕夜，我辭卻了所有佳節歡樂的邀約，在桌前獃坐著，太多的往事在眼前翻騰，想寫的豈止這些？自從夏先生去世以來，我一直枯坐沉思，下筆維艱，我曾在電話中向夏太太柏華夫人訴說：「太痛苦了，我寫不下去……」但是，我許了願，決定在深沉的今夜寫完這篇文字，作為給夏先生的聖誕禮物。雖然遺漏了不少往事，笨拙的文筆，不是詩，不是散文，不是夏先生一向對我的讚賞，我仍要把它寫完，獻給我一生中最了解我、最會鼓勵我、也對我最有信心的好上司，他在天國安息。

二〇〇三年十二月廿五日聖誕夜

編案：本文原發表於《傳記文學》第八十四卷第二期，二〇〇四年二月，並收錄於該年由劉一民編，《不一樣的傳播人——敬悼曉華先生週年紀辰文集》中。

後記

人生在世，有始即有終，永遠循著一條同樣的路，走向終點，人人殊途同歸，都將離開這個世界。

因此「死」，並不可怕，那是生命最後的安息和歸宿。

感謝我天上的父母將他倆最美好秉賦——「熱情」遺傳給我，即使曾受盡人間的折磨，卻無怨無悔，因為我知道一生中雖然經歷了「愛」的痛苦，也終於使我得到最真摯，最珍貴的一顆心，那就是我和司馬笑四十五年奇妙的婚姻，分秒可歌可泣的歲月，無時無刻不存在彼此的「愛」，我們擁有的是何等幸運的一世「良緣」啊！

二〇〇八年八月六日，他八十六歲逝世，這奇怪的數字特別容易記住，今天是二〇一二年的歲末，我也已經八十六歲了，自他走後，我失魂落魄，朝夕懷念往事，痛苦得不知如何活下去……。

幸而有整理文稿的這個小小出版計畫，給了我一線生機，可望完成我對約翰僅有的願望，讓我把我們的「愛」，藉著我乏力的手指筆尖，留下一些真實並不凡俗的敘述，願「天下有情人」放心的一讀，為我們有限的人生留下些微見證。

由於摯友慎芝的緣份，戲劇家汪其楣與我跨海結交，並在二〇〇七年完成她自編自演的慎芝《歌未央》一劇後，特地到美國我們退休後在拉斯維加斯的家中探訪。司馬笑雖已體衰而行動不便，仍高興歡迎這位遠來的臺灣朋友，欣賞她的智慧才華。而我也非常欣慰這樣一位年輕的作家，除了和我談心、談文學，也能認識我的John，分享我倆進入年老的家居生活點點滴滴。

不料一年後，John就去世了，我搬到加州，和親愛的弟弟們，以及貼心的兒女都住得近一些；二〇一二年其楣再度來美過訪，看見我魂不守舍，悲痛逾恆，家中到處堆放著文字舊稿，她忍不住為我整理分類，並鼓勵我振作，把紀念司馬笑的心願付諸行動。

於是，我有了這次兩個月的臺灣之旅。

感謝《文訊》的封德屏女士，和她年輕可愛的助手王為萱小姐，她們在百忙之中，仍不厭其煩地提供出版經驗和專業的編排，讓我的諸多文稿和老舊相片，有了編輯的方向和頭緒。其楣介紹她的學生藍漢傑（與我認了本家），前來協助這許多瑣碎的細節，漢傑更尋訪到一位有才華的設計者陳文德來為我完成封面和美編。德屏女士推薦秀威資訊科技公司，承接我這本書的印製、出版和發行，使我對在臺灣出版一本書的想像，終告落實。

看這些文章，回首前塵往事，感謝夏曉華先生當年的創意和堅持，要不是他每日的催逼，要我寫，寫，寫了那麼久，真情都應自然地流露在字裡行間，我也不可能重新擁抱與John難分難捨的花樣年光。

感謝生命中所有的朋友和親人，包容我，了解我，支持我。風燭殘年，來日無多，心中充滿感恩的波濤，祝願來世仍續未了緣。謝謝。

釀文學149　PG1036

繁花不落

作　　者　藍　明（何藝文）
出版顧問　汪其楣　封德屏
責任編輯　王為萱　藍漢傑
校　　對　藍　明　汪其楣　王為萱
圖文排版　陳文德
封面設計　陳文德

出版策劃　釀出版
製作發行　秀威資訊科技股份有限公司
114 台北市內湖區瑞光路76巷65號1樓
電話：+886-2-2796-3638　傳真：+886-2-2796-1377
服務信箱：service@showwe.com.tw
http://www.showwe.com.tw
郵政劃撥　19563868　戶名：秀威資訊科技股份有限公司
展售門市　國家書店【松江門市】
104 台北市中山區松江路209號1樓
電話：+886-2-2518-0207　傳真：+886-2-2518-0778
網路訂購　秀威網路書店：http://www.bodbooks.com.tw
國家網路書店：http://www.govbooks.com.tw
法律顧問　毛國樑　律師
總 經 銷　聯合發行股份有限公司
231新北市新店區寶橋路235巷6弄6號4F
電話：+886-2-2917-8022　傳真：+886-2-2915-6275

出版日期　2013年7月　BOD一版
定　　價　380元

版權所有・翻印必究（本書如有缺頁、破損或裝訂錯誤，請寄回更換）
Copyright © 2013 by Showwe Information Co., Ltd.
All Rights Reserved

Printed in Taiwan

國家圖書館出版品預行編目

繁花不落 / 藍明著. -- 一版. -- 臺北市：釀出版,
2013.07
面； 公分. -- (釀文學)
BOD版
ISBN 978-986-5871-59-8 (平裝)

848.6 102009906

讀者回函卡

感謝您購買本書，為提升服務品質，請填妥以下資料，將讀者回函卡直接寄回或傳真本公司，收到您的寶貴意見後，我們會收藏記錄及檢討，謝謝！

如您需要了解本公司最新出版書目、購書優惠或企劃活動，歡迎您上網查詢或下載相關資料：http:// www.showwe.com.tw

您購買的書名：______________________________

出生日期：________年________月________日

學歷：□高中（含）以下　□大專　□研究所（含）以上

職業：□製造業　□金融業　□資訊業　□軍警　□傳播業　□自由業

□服務業　□公務員　□教職　□學生　□家管　□其它_____

購書地點：□網路書店　□實體書店　□書展　□郵購　□贈閱　□其他

您從何得知本書的消息？

□網路書店　□實體書店　□網路搜尋　□電子報　□書訊　□雜誌

□傳播媒體　□親友推薦　□網站推薦　□部落格　□其他__________

您對本書的評價：（請填代號　1.非常滿意　2.滿意　3.尚可　4.再改進）

封面設計____　版面編排____　內容____　文／譯筆____　價格____

讀完書後您覺得：

□很有收穫　□有收穫　□收穫不多　□沒收穫

對我們的建議：______________________________

____

____

____

請貼
郵票

11466
台北市内湖區瑞光路 76 巷 65 號 1 樓
秀威資訊科技股份有限公司 收
BOD 數位出版事業部

（請沿線對折寄回，謝謝！）

姓　　名：＿＿＿＿＿＿＿＿　年齡：＿＿＿＿　性別：□女　□男

郵遞區號：□□□□□

地　　址：＿＿＿＿＿＿＿＿＿＿＿＿＿＿＿＿

聯絡電話：(日)＿＿＿＿＿＿＿＿＿＿ (夜)＿＿＿＿＿＿＿＿＿＿

E-mail：＿＿＿＿＿＿＿＿＿＿＿＿＿＿＿＿